Leaves Publishing

根

以讀者爲其根本

莖

用生活來做支撐

葉

引發思考或功用

果

獲取效益或趣味

原味覺醒
【一覺醒來，天心月圓，發現原味的自己】
陳建宇◎著

原味覺醒

作　　　者：陳建宇
出　版　者：葉子出版股份有限公司
企 劃 主 編：萬麗慧
文 字 編 輯：吳舜雯
行 銷 企 劃：洪崇耀
內 頁 繪 圖：Raywings
美 術 設 計：高文麒
印　　　務：許鈞棋
登　記　證：局版北市業字第677號
地　　　址：台北市新生南路三段88號7樓之3
電　　　話：（02）2366-0309　傳真：（02）2366-0313
讀者服務信箱：service@ycrc.com.tw
網　　　址：http://www.ycrc.com.tw
郵 撥 帳 號：19735365　戶名：葉忠賢
印　　　刷：上海印刷廠股份有限公司
法 律 顧 問：煦日南風律師事務所
初 版 一 刷：2005年 6 月　新台幣：300元
I S B N：986-7609-70-0

國家圖書館出版品預行編目資料

原味覺醒 / 陳建宇著. --
初版. -- 臺北市：葉子, 2005[民94]
面；公分. -- (忘憂草)
ISBN 986-7609-70-0 (平裝 / 光碟片)

855　　94009162

總　經　銷：揚智文化事業股份有限公司
地　　　址：台北市新生南路三段88號5樓之6
電　　　話：（02）2366-0309
傳　　　真：（02）2366-0310

枯萎成真理
——「原味覺醒」序

陳建宇

這樣一本書

舜雯遞給我這本書的稿子，囑我寫序以及命名，倏忽已過了一個禮拜。我略感風寒，照例看了中醫。病中寫了一篇完成一半的長序，有五千多字，但舜雯認為不宜納入。

如今，只得另起爐灶，要短而切題。

我有一大堆書，手邊摸到的是楊牧編譯的《葉慈詩選》（W.B.Yeats,1865~1939）。

睿智隨時間

樹葉雖然很多，根柢惟一。
青春歲月虛妄的日子裡
陽光中我將葉子和花招搖；
如今，且讓我枯萎成真理。

這首詩是我人到中年後常有的心情寫照。真是常有的！

感念無名教師

凡是他們下決心著手的
他們一概加以完成；
所有任何事都如露水一滴
懸在草之葉之一匹。

Yeah！前兩句是我對自己和人生禪師資班學員的期許，後兩句是事物變化的實相。而匹匹草葉尖上的那一滴，也會滴——落！

言歸正傳，這本書是台北延吉學舍【工作無懼，關係有愛】五十二週課程的五篇實錄。而舜雯是我一系列著作的整理者、定稿者和編輯者。由於天上掉下來個知音，我才有這些著作的出版，內心感激不言可喻。對於這本書的其他整理者章成、曾詠蓁、吳文傑、古荔及江城光等人，當然也要報以掌聲，謝謝你們的辛苦。

正因為我是認真、犀利探索慣了的——我寧願將事件一一探究／到源頭，以行動以思想；／斟酌命運①——認真的活在當下，慣了的。如今翻閱這本課程實錄，真如春夢了無痕，內在並沒有太多記憶和驚奇。有時候，倒有點隱隱的歉疚——幹嘛這樣「逼著人」成長呢？人不斟酌他的命運，自是他的命運！

也由於學員人生焦距的問題，於生命本質或說是實相的探索，常只能點到為止，未能誘「敵」深入。敵，指其抗拒或無意識的防衛。然而，從課程的定位而言——工作無懼，關係有愛——其中的條理、脈絡業已「申述」完成。雖然我是隨機指點，一般讀者乍看，應當也會怦然心動，有所警醒才對。這一點，是舜雯再再告訴我的。

誰說紙上談兵，不能聽聞金戈作響呢？閱讀也算紙上談兵的一種吧？

又，本書為了尊重當事人的隱私權，除了保留探索的內容和故事脈絡外，皆有深淺不一的變更，特此聲明。

命名這樣一本書

那晚拿了稿子回家，打開電視機，竟然是「康熙來了」。蔡康永和徐熙娣訪問賈靜雯及其弟衛斯理，才知道有個演唱團體叫做「元衛覺醒」。

順手翻閱茶几上的《新新聞》，入眼的是南方朔專欄：柯瑞以「讓美國再度變成美國／讓它完成過去做的夢」為競選標語，《紐約時報》大表推崇，說這是：「帶有魔法信息的句子。」

美國頂尖黑人詩人藍斯頓・休斯（Langston Hughes, 1902~1967）的這首名詩《讓美國再度變成美國》，具有高度的抗議性與不滿，它抨擊了白人的流氓作風，也對更好的未來充滿正面的期待。詩起頭如下：

讓美國再度變成美國，
讓它完成過去做的夢；
啊，讓我國土的自由冠冕，
不是以偽裝愛國的花環來冒充。
而是讓機會成真，生命奔放；
平等就在我們呼吸的空氣中。

我想這不單是美國過去做的夢，而是每一個國土當下努力的理想。尤其是兩岸人民若要以國人相稱的話，這是不能避免觸及的議題，如果這可以是一個原則，那就更好了。

當我以破英語細細咀嚼這兩句魔法信息時：

Let America be America again.
Let it be the dream it used to be.

心中幽幽忽忽，閃現兩個句子：

讓心智再度成為心靈，
讓它見識原味的自己②。

此時，我明白了以上是書名的副標，至於書名，就叫《原味覺醒》。曾經動念以書中一篇《愛情中的修行》為名，只好暫捨了。當我抬望眼，再看賈靜雯說元介比較像她，卻不是她弟弟時，就覺得命名這回事滿有趣的。

小小釋義

讓心智再度成為心靈……讓它見識原味的自己……

這就像是心智的樹葉雖然很多，心靈的根柢則惟一……青春歲月虛妄的日子裡……陽光中我們將葉子和花招搖……如今，且讓我們枯萎成真理……所有任何事都如露水一滴……懸在草之葉之一匹……滴，落！

別怕！春來草自青，露濕侵羅襪，只是這不干「你」的事。從來就不干「你的事」，這才是原味的自己。你見識到了嗎？

根柢惟一，原味覺醒，說的這回事兒。

如若不然，也請你記得葉慈的另一首詩：

老人對水自憐

我聽見那些垂垂老人說話：
「一切東西都在變，
所以我們退出去一個接一個。」
彼等手似鳥爪，膝如
老荊棘扭曲
在水之涘。

我聽見那些垂垂老人說話：
「凡美麗皆飄逝如斯夫
若流水。」

畢竟，你要對水自憐？
還是見識原味的自己呢？
枯萎成真理，春來草自青。
且道何處不是根柢惟一，原味覺醒？

註：①出自葉慈《自我與靈魂的對照》一詩。
②有朋友建議，書名的副標，來點軟性的想像空間，所以已如封面作了改變。

目錄

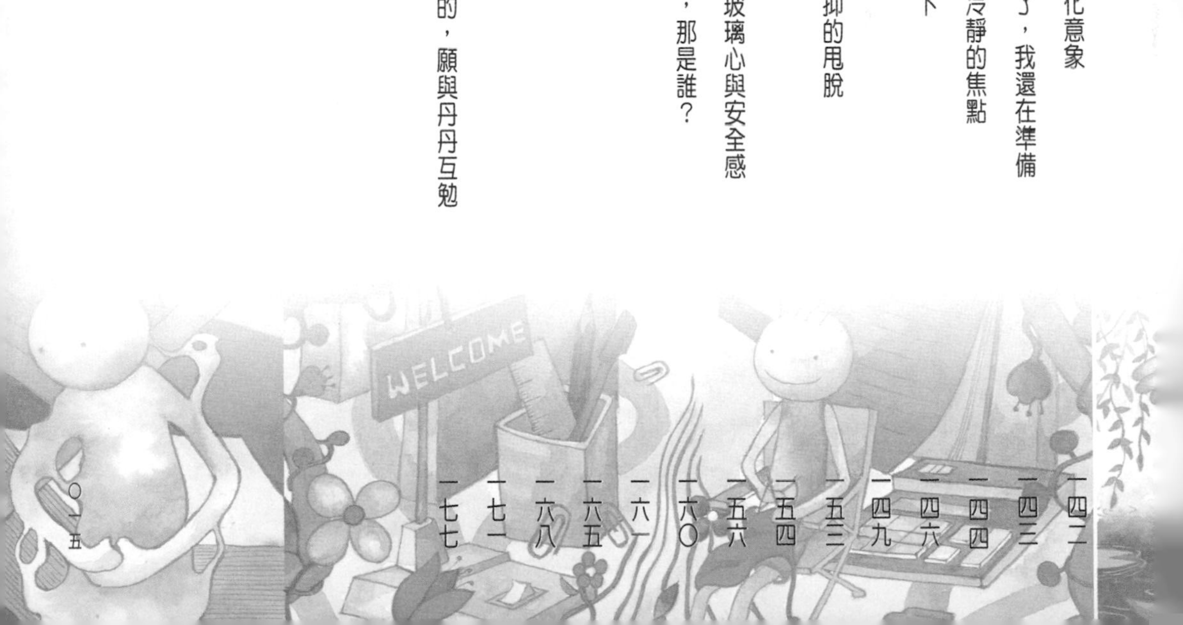
WELCOME

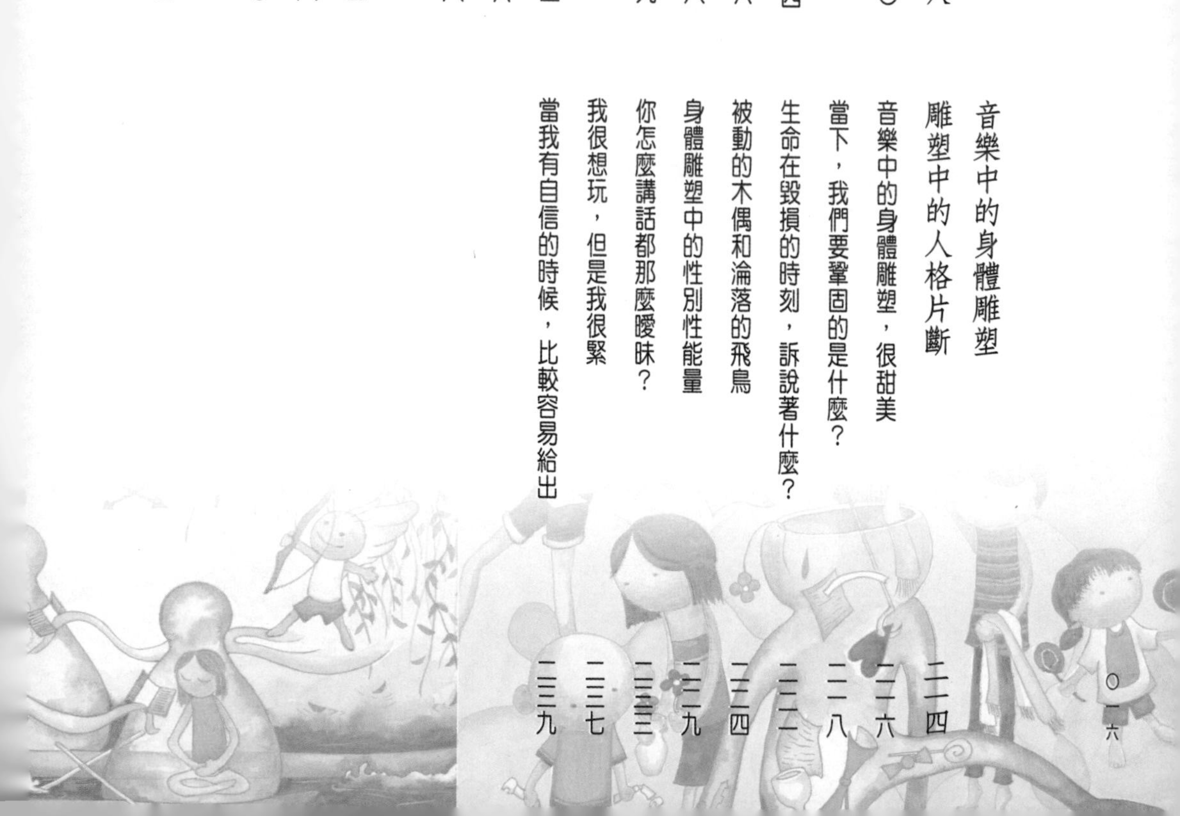

《看來，我們都活在過去和別人的需要裡》有聲書

目錄

製　　作：先驗文化事業股份有限公司

策　　劃：澤民

錄音、配音：阿義

音樂提供：康安莉

聲音演出（按出場序）：

主　　述：劉秀蘭

阿　　秀：于萱　飾

陳 老 師：陳宗岳　飾

英　　代：Chris　飾

典　　正：夏治世　飾

瑪 蒂 妮：依雲　飾

櫻　　子：阿靜　飾

愛情中的修行

最初，
既無所謂存在也無所謂虛無
整個世界都只是看不見的能量……
憑藉著自身的能量
造物主在不聲不響地呼吸著
除此之外，
除此之外，
別無他物……

——《吠陀．創造讚歌》

陳建宇講述／曾詠蓁整理／吳舜雯定稿

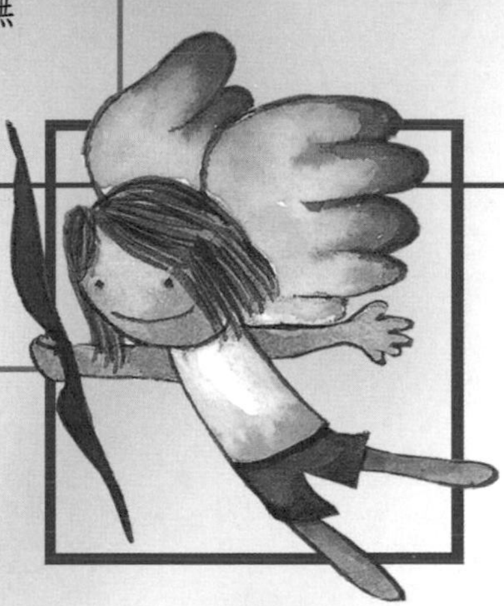

我們到此為止吧！

今晚延吉學舍氣氛熱烈，小小廳堂坐滿了人，空間裡有種一觸即發的興奮，還有一種令人安心的和諧。

進入這暖呼呼的所在，卸下包包、大外套以後，瑪蒂妮的餘光掃到坐在角落的小石頭。表情僵硬的小石頭沒有看看瑪蒂妮，正集中精神想著什麼。

昨夜，小石頭才在電話中對瑪蒂妮說：「我們就到此為止吧！」

瑪蒂妮找了一塊蒲團坐下。哭了一天，她的眼睛紅腫，經過眼淚的洗禮，心空空的，既不覺得痛苦，也不特別悲傷，心情就像一塊被推土機碾過的荒地，完全沒有遮蔽，彷彿整個夜空的星星，隨時可以嘩啦啦地倒下來。

今晚扮演愛情教主的陳老師，為這次的主題——「愛情中的修行」做了一個開場白：

「上次山子和瑪蒂妮這對姊妹花希望這堂課來談談愛情，結果就來了這麼多人，似乎我十四年來的努力，都不如愛情的力量大，可以聚集這麼多人。」大家聽了忍不住大笑起來。

孩子氣的梅子得意洋洋地對陳老師說：「這你要感謝我。本來我們有一個訓練治療師的課程，叫做『聽釋課』，因為瑪蒂妮打了兩三通電話來，我就建議田醫師把全班學員帶過來，就像參觀美術館，回去可以討論討論。」

陳老師恍然大悟，「原來愛情加上梅子，就會有這樣的盛況。瑪蒂妮前陣子參加十天的內觀禪之後，突然對修行產生一股強烈的渴望，她希望在修行上能繼續往前走。不過瑪蒂妮有一個很愛她的男人，叫小石頭，小石頭先生有一點隱憂：聽說很多去了內觀的女生，出關第一件事就是和男朋友莎唷娜拉，因為她們突然發現一切事物的真相，於是愛情就不那麼重要了……哇，這種傳聞太厲害了！

我從瑪蒂妮如今的言談舉止，可以發現某種心靈的品質，她渴望把解脫道走到底，又不放棄愛情。因而我答應小石頭說：『放心啦！人生禪不會有落跑的新娘，只會有開悟的新娘。』我對他開玩笑說我們叫人生禪，人生是禪，我們哪一個人沒有『人生』呢？在別的修行團體可能丟掉老婆，在我這兒不可能。所以今天的主題便叫做『愛情中的修行』。」

瑪蒂妮瞥了一眼小石頭，他依舊堅定地看著前方。瑪蒂妮在心裡嘆息：「親愛的陳老師，您還不知道，我和小石頭已經分手囉！」

陳老師繼續說：「瑪蒂妮、山子都去過印度、大陸和美國找師父，六、七年來都在修行。這樣一路的追尋，歐林、圓頓師父、奧修、葛印卡的課都上過了。我不否認，很看重這樣的人，在生命中有一剎那想為自己的生命負責，想把自己的人生搞清楚。她們姊妹都對修行有這樣的熱情，同時又很有女人味，對不對？這意味著她們不能放棄人生的一大部分：愛情與關係。現代人從某方面來說，也沒必要走出家的系統，不管出家有多麼神聖，總是少數人從事的，大多數的人需要在關係中經驗並認識自己。就是因為大家對修道有強烈的熱忱，以及對關係強烈的執著，才會有今天這麼奇妙的、混血的主題。」

陳老師環視大家充滿期待、亮晶晶的眼神，他拋出一個問題：「我們要怎麼開始呢？聽我下結論嗎？這是我最不喜歡的。跟過我的學生都知道，我從來不給答案，而且還會把你們的答案扔掉。我永遠讚嘆那種不確定。我不主張人要安全，而是主張冒險，所以我不給任何結論，也不給固定的方法，步步人生步步禪嘛！不管我們認為自己擁有的是內心的困擾，或是外在的困境，人生都在當下，有它的真相，有它的禮物。」

「就從今天的男女主角開始吧！」經過片刻沈默，小郭很聰明地提議。

於是女主角派給了瑪蒂妮，而男主角，自然就是到目前為止都很酷的小石頭。

我們的愛都是玩假的？

「對大部分的女性來說，成長都是透過戀愛而來。當然，也有人一直處於這個過程，卻無法察覺什麼。我認識的很多女生，都是透過愛情來認識自己，就像魚兒掙扎著逆流而上。」瑪蒂妮一邊說，淚珠也像雨般落下。

「嗯，聽起來，好像愛情會傷人喔！」陳老師說。

「我覺得還沒開悟時，人在愛情裡面受苦的成分居多。」

「妳說在愛情與關係中受苦而成長，我可以了解，但是妳跑出一個『還沒開悟時，人在愛情裡面受苦』的說法，那什麼叫做開悟的時候呢？這是不是說開悟以後，就不會受苦呢？」

「喔，不是。當然關係還是會觸礁，有可能……」

陳老師相當直接地說：「當妳說關係還是會觸礁，就隱含著希望它……不觸礁，然而世間沒有一樣事物是不觸礁的。」

「是的，沒錯。在我的經驗中，要真正去愛對方很困難。」

「要真正去愛對方很困難？這句話是什麼意思？妳的意思是說……我們都是玩假

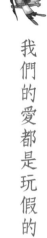

的？」陳老師忽然點破瑪蒂妮傷心的原因。

「是的，大部分的時候是玩假的。」瑪蒂妮破涕為笑。

陳老師裝腔作勢地說：「對不起，各位，這句話不是我講的，是瑪蒂妮說的。『我們的愛都是玩假的，我們沒有真正愛對方』這句話從某方面來說是真理喔！現場有哪一個女生敢說：『我是真愛我的男友或丈夫』的？可以站出來，伸張一下正義喔！」

鴉雀無聲，似乎沒有人打算做這種聲明。

「真正愛對方是什麼意思呢？」陳老師繼續拷問瑪蒂妮。

「就是對對方沒有需求。我愛對方都會有很多需求，而且是無意識的，想從他那裡討回什麼，無法控制自己，就是會一直去討、去索取。」

「難道從沒想到給出嗎？」陳老師問。

「也會想到要給，不過都是交換。就是給出某樣東西，就想交換別的東西回來。如果沒到手就會失望、痛苦。」

陳老師打趣說：「不只是愛情，所有的關係都是這樣。我們也經常這樣對待小孩，包括老師和學生之間也是，也有索取與付出之間的緊張、衝突。我當了十幾年的老師，很清楚。人來人往之間，我也會感到害怕，我們希望學生成長，又怕他成長超過我們可控的範圍……」聽到這裡，大家已經笑倒一地。

「所以一個老師只好說他是開悟的，保持距離，以策安全。」陳老師下結論。

「我們要鼓勵任何人成長，」老師撤下嘲諷的表情，認真地說。

「即使因為這樣會失去利益，我們也要接受，否則就當不了人家的父母、老師和情人。任何事情都會觸礁，利益一定會流失掉，團體小時沒問題，大起來就會鬧分裂，甚至出現權力、身分地位、誰比誰厲害的問題。夫妻裡面也有誰聽誰、誰是掌權者的較勁，所以一定會觸礁的啦！沒有不觸礁的事，要不然佛陀講『諸行無常』不是騙人的嗎？」

愛是最初也是最後的真理

「以我自己談過戀愛的經驗……」

「對不起喔！」瑪蒂妮話沒說完，陳老師便說：「請問妳一個私人的問題，妳談過幾次戀愛了？」然後又轉頭對另一個人說：「小石頭，要挺住喔！」

「談過五次啊！」瑪蒂妮據實以告。

梅子爆出一句：「啊——好羨慕喔！」

聽見梅子的讚嘆，陳老師意味深長地說：「這個反應大家知道了嗎？」

「好好深入去觀察。這句話不是無意義的，不用排家族星座或做什麼療法，從這句話就知道她在講什麼了。」

老師示意瑪蒂妮繼續，瑪蒂妮眼珠一轉，說道：「我覺得有些東西是雷同的，一直重複，只是對象不一樣。內觀時，我有一個瞥見，今天又有很多的看見。」

陳老師立刻反問瑪蒂妮：「好，妳已經發現了這麼多的現象，那妳知道什麼是『真正愛對方』嗎？妳的愛出來了嗎？」

「還需要學習……」

「愛需要學習嗎？妳都發現了，不是嗎？妳已經發現和別人的關係是虛假的。」

「因為在與人對應的時候，會有過去的習性……」

陳老師的口氣有些不以為然：「妳不是發現了某些真相嗎？當妳看到自己一些作假、需索的現象以後，那麼，愛不就是當下的事實嗎？為什麼還需要學習呢？妳又說因為過去的習性，好，不管妳過去有多少習性，請問，它在什麼時候發生呢？不要說習性在過去喔！它就在現在發生！妳不是學過內觀嗎？現在不就可以認識、觀察嗎？當下這個困難、這個窘境、衝突、感覺和思想，不能立刻解構嗎？必須要回到從前，再玩一套心理學的治療才能怎麼樣嗎？如果愛還需要學習的話，開悟怎麼可能？愛情中的修行又怎麼可能呢？」

這時陳老師轉問大家：「我已經發現愛是假的，因為我都要你來利益我、支持我，而你也是這樣對我。好，我們發現了關係是一種交易，那麼愛到底在哪裡呢？發現沒有愛就走人嗎？或者你發現愛不是一種需索，然後你就敞開，就自由流動，不害怕自我利益的流失，這是不是愛與行動、佛法講的空悲不二呢？這也是人生禪在講的禪心，奧修講的愛、自由、創造，克里希那穆提講的覺察、看、冥想……。愛是最初也是最後的真

理，事情就這麼簡單。

我常說人世間沒有很多問題，只有一個：『你到底想怎麼樣？』好吧！你發現、你觀察、你得到、你失去，接下來你想怎麼樣？你出生，你死亡，人生一場，無非生老病死、愛恨情仇，然後你要怎麼樣？不然，頓悟怎麼頓？如果各位真的願意實修、願意探索，我們現在就可以來進行，這正是所有老師及修行團體所能提供的最大利益。」

老師放下茶杯後，看著大家：「講真話好像瘋掉了喔？講假話才有利益啊！可是我為什麼講真話呢？你要我認同人世間的利益，然後又說自己在修行，這是用另一種方式在抓取權力啊！所以很多人怕我，說好聽是我很透明，像一面鏡子，講難聽是我瘋了。

我不知道我的利益在哪裡？活著本身就是最大的滿足、最大的自由和奇蹟了，還有什麼要去分割、去拿到，才會更爽快和幸福的呢？我沒有很多女朋友、沒有很多愛情故事，你們不要看我那麼流動，就以為我有『很多』，我永遠只有一位女朋友，不會同時有好多。這可不是我的戒律和道德，該怪的是我的胃口就那麼小，只能吃一碗陽春麵，沒辦法吃大餐，吞不下……」

好奇的梅子要確定一下：「你的意思是，每次只有一個就對了……」

「永遠活在當下，眼前只有一個！」陳老師的回答，逗得大家再次哄堂大笑。

「這不意味我私下有很多個女友喔！當我不需要從別人那裡得到安慰和滿足時，要那麼多個幹什麼？你以為人性很好玩嗎？我不會把時間浪費在不必要的事情上，我四十四歲了，還能再活幾年？再活個廿六年好不好？那時我可能要去醫院找田醫師報到了！」

你是空的，一眼就看出端倪

「男主角要不要講講話？」陳老師問小石頭，「你有沒有失去你的新娘？」

小石頭平靜地說：「我對愛情有憧憬，不過沒有特別的渴望，因為我滿能獨處的，即使想談戀愛，也不會刻意去追。瑪蒂妮是我第一段戀情，其實我是比較被動的，感謝瑪蒂妮這段時間裡帶給我的美好體驗。愛情對我而言好像一種漩渦，不是我故意往漩渦裡游，而是被漩渦帶著走……」

聽在瑪蒂妮耳裡，小石頭這些話彷彿在延續昨夜的分手聲明。

「原來你是第一次談戀愛。」陳老師有些驚訝。

「戀愛讓我覺得天旋地轉，有時天昏地暗。」小石頭說。

「多談幾次就不會了！在神秘的漩渦裡面，第一次鐵定會暈船，如果你談過五次就不會了。談過五次，再加上內觀，哈哈……開玩笑的啦！很珍貴哦，在台北還有第一次談戀愛的男生。」陳老師擅長在嚴肅的氣氛裡開玩笑。

陳老師轉頭對大家說：「聽過男女主角的表達，大家有沒有感覺到，他們的表達具有不同的向度和能量形式呢？當一個人描述他的關係時，如果你能從他的表達中，去感受他的能量頻率，如果你能聽得清楚，將可以化解掉很多關係裡的衝突喔！所以與另一半相處時，不要刻板地希望他配合什麼，畢竟你們是兩股不同的能量形式，能覺察這點的話，在愛情中就可以修行了。不然你只會認同衝突，在衝突中歸咎別人，認為是別人害我的，都是別人不了解我，甚至擱淺在寂寞、淒涼與憤怒的情緒裡。

當治療師也是一樣，你是否能一眼就看出端倪？當你為他人做家族治療，或是夫妻來找你協商時，你要能看出他們的思維和表達方式有所不同，觀察他們看著對方的眼神，以及他們描述關係時所採取的角度。如果你不急著當治療師，你是空的，沒有任何專業的成見擋在前面，那個靈敏度會是很直接的，因為你不急著把別人處理掉。把別人當做問題，必須『處理掉』的信念，會讓我們無法接觸對方，也無法談戀愛，因為他不是個物品或問題。任何情境，不管多痛苦，都不是單單要把人擊倒而已。」

為她扭曲才是愛

「聽到男主角這樣講，妳的感受如何？」陳老師問瑪蒂妮。

瑪蒂妮楞楞地說：「聽到小石頭說我是主動，他比較被動時，我心裡會升起一點波瀾。」

陳老師笑道：「小石頭又不小心採到女性的界線了。不管怎麼樣，都要說是我追她的呀！男人嘛，這麼誠實把它講出來，你不要命了啊？」聽到這裡，全部的人大笑不已。

「所以有些女生才會壓抑熱情，讓男生多一點主動，這樣她才相信男生是愛她的。當這種邏輯跑出來，輪迴和痛苦就產生了。」

「可是我告訴妳喔！」陳老師看著瑪蒂妮說，「與其說他沒有合乎妳某種刻板的要求，還不如接受他的誠實。很多女性有一種心情，認為男人為她扭曲就是愛。如果男人會為了我而去吃他不喜歡的食物、穿他不喜歡的衣服，那就是愛我了。女性很容易有這種刻板的、潛意識的需求，從這裡見證男人愛不愛她。」

陳老師由此進一步談到修行要在人生中修，才會有真實的品質，不會變成一個觀念，變成一個嚮往卻無法企及的境界。

「永遠不要希望對方與你完全相像，不管他多愛你也不可能。不管你是男人或女人，都沒有權利要求對方絕對服從，這點當過父母的人就知道。同樣的雙親，生出的小孩各不相同。就以對待孩子的心情，去對待你的另一半吧！就像你可以接受孩子的差異一樣，不需要強求一種絕對的雷同，來消弭你的不安全感。修行就是對治你的不安全感啊！對方講了哪句話是你不喜歡的，你能當下覺察嗎？不喜歡的不是要對方配合，而是要去發現為什麼不喜歡？為什麼覺得你喜歡的才是對自己有好處？那所謂對『你』有好處，是哪一部分的你呢？是心理上過去的你，還是對未來投射的你呢？或者是認同了外在機制的你呢？要去觀察喔！」

陳老師舉了一個軍中的同袍為例。

「我在當兵時認識一位少尉排長，他很帥，看起來比田醫師還帥。身高有一百八十公分，穿起軍裝非常英挺，可是每當他放假回家的時候，他穿的衣服都很難看。不是太大，就是太小，顏色、款式都滿土的。

有一天，我終於忍不住問他說：『排長啊！平常你很帥啊！軍裝也挑得很合身，為什麼你回家的時候，穿的衣服都很奇怪呢？』

他回答我：『兄弟，這是為了讓我老婆高興。』

『你那麼帥卻把自己穿得那麼土，老婆會高興？』

『她怕我被別人追跑了。』

『這樣你不會覺得很委屈嗎？』

『不會，因為我愛她。她買老土的衣服給我，我裝作不知道，還對她說我很喜歡。在軍隊裡，她進不來，我可以維持我的帥勁，回到家，我希望讓她高興。』

我不知道那個排長後來怎麼樣了？至少他那時做得很愉快啊！我有一個學生是大老闆，每當他到大陸做生意前，他老婆一定會要求他做愛，以免他出去亂搞。做完的時候還要他打手槍，然後放進量管內，看看有幾CC，這樣才會知道他的『產能』。重點是七天就得回台一次，還要照這個程序再操作一次，看他是不是符合行前的測量？你看，她控制、恐懼到這種程度。」

成為完整的普通人就夠了

「好像喜歡修行的男生，都比較喜歡獨處。」小郭說。

「我相信你是可以獨處的人。」陳老師笑望小郭，「然而不習慣與別人相處，不代表你喜歡孤獨。從一個人的神情和談話的語氣，可以知道他是不是與自己和好了，並且在生命裡面享受自己的完整。這可是一種高度靜心，深度的冥想喔！」

「以今天的男主角為例，」陳老師機鋒一轉，突然對小石頭出招，「他不習慣與很多人互動，必須做很多的掌控。另外，他也滿欣賞自己獨處的能力。

把自己的生活侷限在某個範圍裡面，這是小石頭要去注意的。這正好是你與女朋友產生衝突的地方。瑪蒂妮是很敞開、想成長的，她想乘著生命之流，縱浪大化。而你把自己放在一個安全的角度與範圍，她如果嫁給你，你會努力給她生活上的保障與依靠。這你做得到，因為你是一個男人，是人家的兒子，你是用一種儒家思想來經營自己的人生。

然而你太快讓自己成形、成熟，太快讓自己安全了。你未來的新娘，可能終其一生都渴望探索自己、尋求成長，如果你堅持這種態度，不和她協調……這不是說你錯喔，只是你的腳步嫌慢了點兒。

在你年輕的時候，已經把自己弄得這麼少年老成，你還活著幹什麼？你才幾歲，就已經想清楚、搞清楚了，你的態度是這樣喔！什麼事情你都知道，陳老師說什麼我都知道，我就是不願學習、不願探索，因為我這一套很清楚、很熟練。這裡面是有恐懼、有控制、有防衛在的。你並沒有像你所說的那麼完整、那麼安全，況且人是不可能安全、不可能完整的。面對任何人，包括我們自己，講的話都要打個對折，或許比較不會上當受騙，自欺欺人。

如果你真愛這個女人，就要讓自己更敞開，不要侷限你的學習，不要藉任何因素說你不需要學習，不管是心理因素或經濟因素。我知道這個女人除非她忘了、麻木了、睡著了，她如果一直走這條道路，她會不斷更新，不斷蛻變，那時落差就會更大。而你也值得被愛，你不花心、負責任，可是男人不能只安於負責任、養家而已。男人不只是賺錢的動物，不只是社會動物，男人和女人一樣，是靈性的動物、精神性的動物，這一點尤其重要。現代的兩性關係，不再只是用責任來維繫而已，而是愈來愈重視在一起時，是否能對伴侶保持敞開與流動？」

陳老師又把箭頭指向瑪蒂妮：「當然！我們的女主角也要試著與自己獨處。當妳可以契入自己的時候，對別人的要求其實不多啦！除非那對他真的有幫助，有幫助也不是妳自己想的，而是妳發現他在那邊受苦了，不然有什麼好要求的？要求不到啊！

同樣的，我們別要求自己成佛、要求自己成為很好的治療師，因為努力會讓你達不到，即使努力讓你達到了，最後的障礙是那個努力，它會成為你無法達到的障礙。就像爬梯子一樣，當你已經爬得很高了，百尺竿頭，如何更進一步呢？當你繼續努力、繼續往上爬的時候，就會繼續有階梯出現，所以說努力讓你永遠達不到任何地方。修行絕對

不是一種體驗、境界、覺受、思想、努力或意志，不是任何項目，它搞不好是當你全然放下，就達到了，無所作為。

我只『要求』我的學生成為一個完整的普通人就夠了！不需要神聖、不需要裝神弄鬼，能夠知道別人在講什麼，知道自己的苦、別人的痛，願意因為別人的痛，開始質疑自己的利益，願意從昏睡中清醒過來，如此而已啊！」

來自情傷的單獨

小郭鍥而不捨地再問一次：「老師，我很容易掉入單獨裡。」

「對啊！生命中連一個女人都沒有，當然會掉入單獨裡。」

「但是我又避不開那個業。」

「對不起，不要這麼快把業力帶進來談。那個觀念無法幫助你探索，徒增探索的障礙。你不熟悉的觀念，即使它再神聖，都不要把它帶進來。我們只講我們懂的，不懂的就把它擱著。就用自己的話講出真實的感受，不需要引用佛教、印度教、基督教的說法，不管它們講得多好。」

小郭解釋：「我所謂的業，就是和女人有關係的。我的工作環境，男同事比較少，我一直是單身，就會有人想幫我相親，可是我不喜歡那種感覺，相親之後，我通常不會與對方聯絡，這樣好像又會傷害人家……我一直會碰到這個問題。」

「好，那我問你，你心中真止的渴望是什麼？你會希望和別人有關係嗎？」

「當然會啊！不過都很淺。我也想交一個女朋友，只和她在身體層面互動就好了，這是我的想像，事實上不可能。」

「不可能嗎？你可以去『買春』啊！」

「我不習慣。」

梅子忍不住切進來說：「你心理上沒有這樣的需要嗎？找到一個與你契合，可以談天說地的……」

「不會耶！」小郭說。

「都不會有那種渴望嗎？」梅子很好奇，「那種天雷勾動地火的感覺……好像專門為你打造的……你沒有這種渴望嗎？我有！」

陳老師笑問梅子：「妳和幾個人有過天雷勾動地火的感覺呢？」

「太多了，怎麼辦？」梅子很誠實的說出心中的疑惑，惹得全班大笑。

等到大家笑完了，梅子才繼續說：「我有個困擾，我常和別人天雷勾動地火，我都沒做什麼，就是很容易掉入喔！」

梅子的話讓小郭想起自己的經驗：「老師，梅子講的這種情況，好像在我初戀的時候就用完了。初戀把我的精力都用完、透支了。」

陳老師問道：「你能不能告訴我，『透支』以後的感覺是什麼？那是一個傷害嗎？是一種疲累嗎？」

「我交過三個女朋友，到第二個的時候，我就發現沒辦法再使出力氣來，變成『無心』了。」

「我懂。那你透支以後的感覺是什麼？」

「想死。」

陳老師點點頭，「那麼我告訴你，你的單獨來自你的受苦，不是來自你的滿足或能量的完成。你的初戀是一個傷害，結了疤在那邊，所以你再也使不出力來，你對某些事情是搖頭的。另一種可能是關係結束之後，你覺得很累，希望別人不要來吵你，你需要休息，這是能量用完了，不是因為傷害不能去碰。還有一種狀況則是你愛一個人愛得很熱烈，雖然她後來離開了，但你是滿足的，你完成了你的愛，即使以後再愛上別人，你也知道你的愛已經完成了。你知道未來的生命要做什麼，這是不同的層次。所以任何狀況、任何能量的使用，都要注意，那個內心底層是什麼感覺？或者你初始的一剎那，又是什麼感覺？如果你想修行或是當治療師，你的身體、你的內在所訴說的，都要能夠觀察。」

小郭又問：「那我該用怎樣的心情，去面對這個狀態呢？」

「你怕受傷。只要不怕受傷，不怕再被劃一刀，就能面對了。」

「我倒不怕受傷，只是覺得沒有那個能量。」

「你想過後半生怎麼過嗎？」

「我覺得自己很享受單獨，不想再跨出去的感覺很濃。」

「你那是一種單獨的心境，你喜歡那種不受干擾、不被切入的境界，像瑪蒂妮和小石頭那種在愛情裡面互動，夾帶情緒、感覺、苦惱和糾葛，那種混雜、竄動的感受你是不要的。你要的清靜，那也是一個心境呀！你讓自己結凍在單獨的心境裡，因為那樣最省事。如此一來，只剩下一個問題：你要這樣活著嗎？你正在讓自己變成一具木乃伊，拒絕任何人闖進你的生命裡，弄亂一切……，我想問你，這會是你到死以前最後的心境嗎？」

小郭思考了一下，「這個我沒辦法講，我不能確定。」

「這個就是你必須好好探索的。」陳老師瞪著小郭，「至少你的單獨是來自於愛情的傷害、透支，不是來自於生命的滿足，甚至你在修行上也會重複這樣的習慣。小心哪！你把自己凍結在某種狀似『平靜單一』的心境裡。你已經四十歲了，再下去體力愈來愈差、腦力也會愈來愈差，繼續待在這個心境裡，你的狀況只會更差，不會更好。所幸現在還有人要幫你介紹女朋友，以後誰還會為七老八十的糟老頭介紹呢？況且這種單一平靜的『心境』抵得了生死嗎？」

從受傷到防衛，從死亡到開悟

一位聲音悅耳的新朋友自我介紹之後，說道：「愛情不是我目前感興趣的，這不是我迫切需要的東西。我覺得那種了解已經過去了，該過去的已經過去了，我沒有什麼特別的需求或渴望。」

陳老師目光炯炯地看著她：「艾雲，可以允許我講得直接一點嗎？」

「怎麼個直接法呢？或者老師可以問個簡單的問題，我直接回答。」

「我建議妳不要以一個結論、觀念來度過下半生。『我了解』『我清楚』這幾個字是一個擋箭牌、免戰牌。」

「為什麼一定要戰呢？」艾雲反問。

「這要看妳內心真正的感覺。我們常常因為恐懼而做什麼或不做什麼，最好不要讓

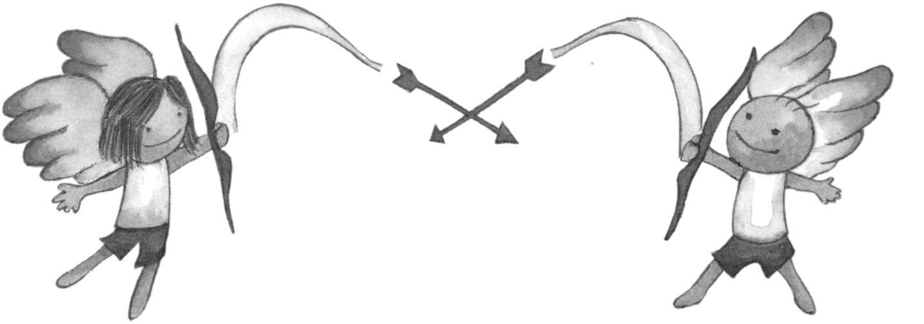

人生的終點是『恐懼』這兩個字，寧願人生最後的依歸是一個『愛』字。即使妳失去所有，可是妳愛過了。這是我要直接對妳講的話。」

「你們認識偉仁嗎？」陳老師向大家介紹坐在角落，一頭金髮的壯碩男士，「聽過偉仁的節目嗎？他是一個非常深情的人，愛情也懂，修行也愛。他經歷過一些愛情，他深愛過的人今天也坐在這裡。我們來聽聽偉仁他怎麼說？」

偉仁最近改變造型，他把短髮染成金色，更添帥氣。

「我想到一個很有趣的比喻。」不慌不忙地接住陳老師擲過來的棒子，偉仁說：「我以前談戀愛時，就像一隻動物，經常面臨到該不該把肚子翻出來，暴露自己最脆弱的地方，讓別人來傷害我？我的意思是指對別人真誠，不戴盔甲。就像你摸一隻狗，摸到很舒服的時候，牠會翻過來，用肚子對著你。這也是我在愛情裡最驚濤駭浪的掙扎。」

「對！偉仁曾經為了愛，跪在床邊祈禱，祈求神給他力量去愛。」陳老師說。

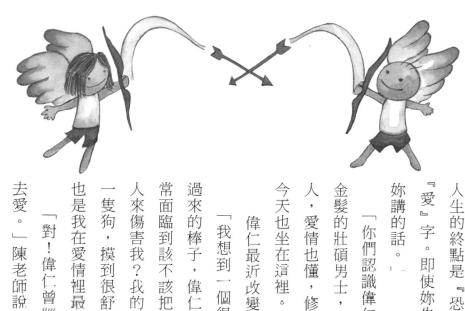

偉仁點點頭，「記得和初戀男友分手後，有一天，我發覺自己一下子老了好幾歲，我能夠了解人家說的滄桑是什麼。我知道這是因為自己內在做了一個決定，就是把門關起來。就像這位新朋友，她已經把一個經驗或者什麼打包好了，而且做了結論。那是一個想法或觀念，就是我以後要怎麼度過，我要什麼、不要什麼，已經很清楚了。『清楚』是一種在受傷後得來的態度。」

「我那時也是這樣，想把門關起來，不要再打開。我不想再受傷、再痛苦，所以不要再愛了。」偉仁平靜的聲調，這時顯得情何以堪。

「當門一關起來，我一下子老了好幾歲，頓時覺得我的心已經不是那種活跳跳、那種炙熱的赤子之心了。我也不曉得該怎麼辦？有一段時間我每天祈禱。每次祈禱都會掉眼淚，因為承諾『我要繼續愛』實在太困難了。這句話很難出口：『我要繼續愛對方，不向對方要東西』然而每當我祈禱完，接著不是從電視，就是從哪裡看見或聽到一句話，讓我的心重新打開。如今我擁有第二段戀情，似乎沒有受傷之後學習而來的防衛態度，我的心仍活跳跳的，沒變得滄桑。」

陳老師也分享他對一部電影的觀感：「我看過『神鬼戰士』，大部分的劇情已經忘了，當中有一段奴隸們到競技場搏鬥之前，奴隸販子說的一番話，他說：『人皆有一死，這是無法改變的，你可以改變的是面對死亡的態度。』在愛裡面，有那麼多的需求與恐懼，怎麼可能沒有傷害？這個傷害不一定來自失去對方，而是你們畢竟不同，相處上自然會有落差、有衝突，有種種的失望與情緒。愛情中不可能沒有傷害，不過你可以改變的是面對傷害的態度。

人都有一死，包括開悟的人都會死，佛陀二千五百年前就不在人世了，我們可以決定的是面對死亡的態度。開悟不是一個境界、一個神秘經驗、高峰經驗、不是某種意識狀態……嗯，好吧！允許它是意識本身，而它不會是一個沒有內容物的東西，那個內容物是我們正在經歷的人生。到最後，它是一種結晶的，一種對生命本質的認識——你信任這個存在，也接受所有的發生——就像生命的最初。這時，成熟、自由和完整便會自動來臨。當然，你也可以稱開悟為自我革命，原味覺醒。一個人的完整和自由才叫成熟，而這是生命的本質、意識的本身——原味。不是嗎？」

being，而不是doing

山子談到自己的經驗：「一段關係結束之後，我都要休息很久，才能進入下一段。現在我又有新的男朋友了，我發現這一段關係有些不同。以前我相當依賴，時常擔心、害怕，然後迷失在裡頭。現在這一段，我發現自己不緊張、不擔心了，當然這也與他的個性有關，他不是花花公子……」

「所以妳就不擔心了？因為妳知道不會有背叛的情事發生？」陳老師說。

山子自信地說：「我們將來都要出國唸書，這段關係不一定能維持很久。我發現，即使面對這種不確定，也沒有什麼好擔心、害怕的。」

陳老師卻揭開山子朦朧的面紗，「對，這種不擔心、不害怕，是因為妳已經清查過場地了。這代表妳在愛情中還是以一種doing的心態在操作，就像做工程每天要巡視工地，看施工和藍圖前後一不一樣？」

老師再度把焦點拉回來，「我們今天的題目是『愛情中的修行』，修行不是doing，而是being，就是生命本身，也是一種存在狀態。你做了多少事？你有沒有用？是不是能解決、控制所有的問題？如果你能辦到，就被視為偉大的、成功的……，這是一般人世間操作的法則。如果用這種心態來操作你的人生、愛情，這不是修行，而是頭腦。這不是說你錯了，而是人生有另一種向度。」

山子覺得疑惑，「老師的意思是說，不要覺得有問題或沒問題？」

「妳可以繼續覺得、繼續控制。當然，妳會這樣去看感情，也代表妳很疏忽自己，很不歸於中心。對妳來說，拿到一個東西才能讓妳確定自己。妳看今天瑪蒂妮在感情的衝突裡掉眼淚，在那當中有她對小石頭的需求、操作與控制，她無法只是愛一個人，然而她又想『真的』去愛，因此來到doing和being的交界處。而從妳的談話聽來，妳仍然是一種doing，和以前不同的是現在可控了。妳已經有過經驗，知道怎麼做了，也就是說，妳的生命到目前為止，還是以doing在操作，還沒有想要向存在本身敞開。」

陳老師繼續告訴山子：「妳那麼重視修行、對生命的品質有那麼高的要求，若想達成這種要求，不是來自妳的doing，而是來自於對存在的敞開、信任。這種信任不是叫妳昏睡，特意讓一切都很感性，而是運用妳的直覺、觀察，這時的觀察不是源於妳的恐懼，而是妳終於願意成熟、願意瓜熟蒂落。」

山子還想再確定一下：「我剛剛只是表達我現在面對感情，和之前是不一樣的。」

「這個不一樣，並沒有妳想像中的那麼『不一樣』。它只是讓妳覺得更安全、更知道怎麼去做一件事情而已；也就是說妳還會在同樣的地方跌倒、受傷。」

山子思考了一下，她承認：「可能在心理上是安全的。」

「即使妳已經預料不會在一起很久，這也是一種『安全』的心理準備。安全的意思就是防衛、設定流程嘛！基本上妳對生命仍是緊張的，有點兒過度的神經質。妳不是那麼喜歡doing的人，然而妳的神經質、脆弱，會讓妳朝這方面去運作。妳得相信自己是完整的，並不缺少哪一塊，先把這種對存在的信賴放進來。」

「我覺得不太能掌握你的意思。」山子說。

「不用掌握，不懂的時候就讓它不懂，要給自己時間，知道嗎？」

「因為我感覺到的，好像和你講我的部分不太搭。」山子的眼神充滿迷惑。

「我確定妳和以前不一樣了，比較有安全感，看起來不依賴了，也能認知到這段感情將會如何發展，比如說以後會出國，因而你們不設定要在一起多久，這叫什麼呢？這叫都『想過了』嘛！」陳老師綿綿若存地探向山子。

「我們也沒有設定要在一起多久啊！」山子不懂。

「是啊！凡事妳都想過了。在這種設定、預期裡，妳已經完全離開自己了。這件事或許這樣，或許那樣，都只是doing！其實，妳要做任何決定都行，只要是發自妳對生命的信賴與肯定，being。當我們碰到很多事，卻總是產生同樣的心情時，那就代表我們沒有面對自己、沒有對存在敞開。好吧！怎麼樣才是對存在敞開呢？能允許自己崩落，允許生命是會觸礁、瓦解的，允許自己是無能的，而妳的恐懼卻是一種不允許。妳有很好的直觀特質，可以更靠近自己一點、更信任存在，妳可以的。」

做個「記得自己」的花痴

「有沒有人有問題？」梅子左右探頭，不好意思地說。

「妳有問題就問嘛！」丹丹在一旁催促著。

「我有好多問題，不過我沒有準備，早知道可以問問題，我一定會準備更多個！以下是我其中一個『重要』的問題：就是我發現自己……滿花痴的。」梅子石破天驚的表白，令山子聽了吃驚地笑著。

「我交過三個男朋友，也是一次一個。」梅子認真地說完，大家狂笑不休。

「欸？我要說什麼？」梅子竟忘了自己要問什麼，「對了！我要講的是中學的時候，我讀女校，大學又念中文系，全班只有五個男生，因為他們不認真，我都看不上眼。我會認識現在的男朋友，很單純源於他是我爸的學生。有一段時間，我去某所大學參加體育系的體操課，那個班全是男生，上到學期中，我發現自己竟然喜歡一半以上的男生，我真是太驚訝了！」

梅子停了一會兒，又說：「我也喜歡即興舞蹈，尤其跳一首豔舞時，我會釋放全身的能量，賣弄風騷，吸引一些男生。那些舞蹈、藝術、體能界出身，有頭腦、有sense的人特別吸引我，我也喜歡長得帥的，不過都沒有去發展，因為覺得自己很幸福了。不過，我又會懷疑自己是不是有問題啊？這是第一個。」

梅子的問題還沒完，「第二個問題是，我應該去發展另一段戀情嗎？我曾有一個很愛我的男友，我會老實告訴他我喜歡誰，對方也喜歡我，包括我心裡的各種想望，可是

他完全不能接受，所以我就放棄了。剛開始會有點難過，沒多久就發現，我也沒有太大的損失啊！到後來連性幻想也不會產生了。我的意思是……這種事啊……我真的很花痴嗎？

我看到自己的性趣是呈放射狀的，就像我媽買了各種蛋糕回來，我會每一種都切一小塊來嚐，卻不想整塊都吃完。如果能照我的意思，我可能會和每個人都來一腿。我只想知道對方愛人的方式是什麼？被他愛著的感覺如何？如果我不愛他，就不要再深入了。我很想這樣操作，但是從來沒試過。我想問愛情是什麼？我這種算是愛情嗎？我好像是一種好奇，還有對男生的貪求，我需要去修剪那些慾望嗎？雖然我剪掉那些慾望時，我和男友的關係更親密了些。我有時在想，等我老死時，難道生命中就只有三個男人嗎？這是我要的嗎？」

梅子栩栩如生的描述，令在場的人幾乎都嗅到她的慾望了。

陳老師聽完以後說：「我們都逛過花園，最豪華的像歐洲的皇宮、城堡，那兒的花園很大，有各種小徑，很多美景，妳會被各種景色吸引，想靠前去吸一口香氣。妳可以每一朵花都去聞，每一棵樹都去親近，每一條小徑都去走走。妳要往哪個方向走，是不是要去碰觸每一朵花和樹？都是妳在決定的，妳永遠要能做決定。不要忘記妳的腳下永遠要選擇一條路，這一條路不一定要避免受傷，或堅守道德、戒律才對。妳可以接受誘惑，也允許妳嘗試，可是不管妳往哪邊走，都是妳的腳在走路喔！妳要和任何人怎麼樣，花痴也好、上床也好，或只是精神上的幻想都沒有關係。可是千萬別疏忽了一點，就是妳自己。

妳忘了在花園中逛著、走著的是妳。在妳的描述中有許多漂亮的、吸引妳的景物，不管是想像、心理或是生物能層次的，我們可以感受到引誘妳的那種動力與能量。我們被各種能量吸引，很重要的一點是：路是我們在走。那些花朵、樹木，不管它們多麼漂亮、多麼接受你，妳也只是『妳自己』啊！

妳很能意識到存在的芬芳、別人內在的芬芳，妳能感受到那種power。這花園中的一切，妳都能意識到，包括一片落葉、這條石板路的質感……，可是走路的妳很少意識到自己，妳的意識很少發生在自己身上。記得自己，意識到自己，要不然妳將被一切輻射的外緣所佔據，卻沒有歸於中心。不管是在人生、感情或靈性的道路上，妳會一直渙散。而且妳有很好的背景，田醫師接受妳……」

田醫師立即說：「她也接受我，我們互相。」

陳老師給出讚許：「對，所以你們很偉大。」全場再度爆出歡笑。

「有時我覺得有歸於中心啊！不過我的喜歡還是輻射性的，怎麼辦？」梅子說。

「歸於中心會有一種品質，」陳老師耐心地解釋，「它不是好奇，也不必依賴某種練習，才能讓精神變得統一，歸於中心不只在這個層面上。譬如我一看到田醫師，就可以照見他整個人的品質，用我的內在呈現他的存在，雖然我沒有和他講話。我不一定要與他有某種互動過程，才覺得認識了這個人，對萬事萬物也是這樣。」

「喔！我懂了，懂了！」梅子出神地說。

「這種歸於中心的呈現，不是好奇，沒有遺憾，也沒有要不要做愛的問題。如妳所描述的，在每個片段中，妳就只是片段，無法完整，不能做愛時被綁在慾望裡，做了之後又不能記得自己。妳並不是看到一朵雲，同時也就是看到妳自己。真正能讓妳完整的，是接觸或照見一個存在時，妳便契入祂的本質，呈現祂的存在；那時不會去講究在身體上、心智上要得到多少滿足，沒這些個概念了。」

梅子回應：「你這樣講，讓我想起常有的一種感覺：我什麼都還沒玩到呀！」

見梅子對未滿足的欲望無法鬆手，陳老師只好把話挑明了：「如果這是妳真實的感覺，妳能不能允許自己不要管哪一個男朋友怎麼說，就好好的去嘗試、去完成妳自己啊？因為嘗試會有結果出來，不管那個結果是什麼，否則妳會一直感到遺憾。在這個新時代，只要把防護做好，有什麼不行的呢？我是說真的喔！如果妳覺得無法負擔一段婚姻，只想享受性的歡愉，也有人願意，有什麼不可以呢？不必緊張！我沒有任何主張，只是尊重人性，尊重人的一切。搞不好我說出來的是妳內在的需求，所以讓妳害怕的不是我，而是妳內在的自己，我只是講出來而已。搞不好在生物能上，每個人都是花痴，我們這個肉體，怎麼可能對別的肉體沒有感覺呢？尤其是當它飛揚跋扈的時候。」

他還沒有玩夠

梅子的話題告一段落，輪到小瑛發言：「我有一個堂弟是同性戀，原本住在紐約，那個地方是很開放的。他最近回國，經常到pub去，他告訴我，在pub裡大家都是以性為第一優先，而且很重視外表，所以他把身體練得非常健美。我知道他去那邊是為了尋求一種認同，我不能理解的是同志一有感覺就上床，然後不斷更換性伴侶，這樣可以得到真愛嗎？我堂弟其實也不能認同這種模式，他強調要有感情才會投入。但是他的情感歷程挺辛苦的，尤其在發現對方腳踏多條船的時候。他說他還沒玩夠，也無法靜下來看一些心理輔導的書，我該怎麼做，才能引導他把注意力放回自己身上呢？」

「在他痛苦的時候，守候在他旁邊。」陳老師平靜地說。

「這是唯一的可能。在他還沒玩夠時，會有一種身體、心理的需求，身體上是一種生物本能，心理上則是害怕空虛寂寞，這就是他說的『還沒有玩夠』。妳無法阻止這股能量的驅動，只能等。他這樣玩下來，一定會有哀傷、恐懼和失落，那時妳才能對他做任何引導。妳現在就告訴他精神領域多好，哪一個老師多好，那是沒有用的。佛陀很偉大，耶穌也很偉大，然而我們有幾個人真是基督徒、佛教徒呢？我們基本上是doing，只想滿足眼前的需求或解決問題就好，並不想為自己的生命負責，也不想對存在敞開。我們是不想啊！對不對？」

承載或呈現這一切的是什麼？

小郭問：「請老師說得更詳細些，如何能滿足慾望又記得自己？這要如何落實於生活中呢？」

陳老師望著小郭：「我們怎麼能在慾望當中，又有意識呢？像剛剛梅子說的那種慾望，她用花痴來形容自己易感的性趣，我覺得她很誠實。後來她被第二任男友所制約，覺得愛是一種相對的佔有，一種承諾，所以就放棄了。你也曾說你在一種單獨的狀態裡，逃避了以前感情的創傷，你不想再惹麻煩、惹塵埃了。現在你是否準備好向生命敞開，再去經歷些什麼呢？」

討論至此，陳老師突然大幅調昇對話的層次：「所有的事情都發生在你身上，包括好奇、花痴、欣賞肉體美的部分，生理上、心智上，你都清清楚楚知道，因為那是種能量，你已經知道那些發生在你身上的能量、感覺、衝動……好！那接下來我要問你：承載或者呈現這一切的是什麼呢？

不是歸結於一個靈魂或實體的概念就算了。存在，它至少是個很大的呈現『空間』，就像張藝謀的電影『英雄』，那顏色多美！它必須有一個空白螢幕，才能呈現那些顏色、影像和劇情。那個空白本身，讓身心種種感受、情緒竄動的空間，那是個很大的存在向度。你能不能同時發現這個？這樣你或許稍微能夠順入或歸於中心。

這是一種警覺，你在衝突中是二元對立的，同時又是二元非對立的中心，這種警覺、這種敞開和直觀，就是在愛情中修行的最好口訣。不管你要把它叫什麼，是空無也好，是存在也好，是神的創造也好，說是印度教、錫克教的大梵也好，我們所經歷的一切都會消失，那個存在的最大向度不會消失。因為那不是一個概念，不是一個開始，也不是一個結束。它怎麼會消失呢？所以對生命敞開，那個直覺、直觀，便是內觀的核心，它要的就是這個。

這一切的思想、能量、情緒、感受，人生的所有現象裡，有一個永遠不變的核心，你說它是禪心、佛性都好，它是很大的一個向度，它是存在本身，意識本身。不管你的身體如何生老病死，思維感受如何起滅，『它』兀自不生不滅啊！用這樣的向度面對所發生的一切，不管那是恐懼還是愛，這就是愛情中的修行了。不管你是單獨的，還是像我和一群人在一起；即使和你們在一起，我仍然是在自己的核心裡，不然我如何比你們還清楚你們的混亂和問題，又怎麼敢講『人生禪』呢？這可不是一個方法，一個境界喔！」

腦袋裡有種缺氧的感覺，我們彷彿被這番話拉到外太空去了。

靜默中，陳老師望著小郭說：「看來你必須去奧修社區一趟了。」

有人笑道：「他去過了！」

陳老師笑著說：「啊，沒有拿到東西，再去，再去啦！」

「那麼如何才能在生活裡，既能滿足欲望……」小郭還是想知道如何操作。

「對不起，你講的是『如何』『如何能夠』嘛！對不對？只有三個字可以回答：『如之何』。不是嗎？不管底下的句型是什麼，如之何就好了，直接講就是這樣。你想問：『我如何在生活中滿足各種慾望，同時又是歸於中心、是在修行的？就像在愛情中的修行，我如何能夠？老師你告訴我。』就如之何啊！那就是了。什麼就是什麼。我們裡面有一隻眼睛能看，智慧之眼哪！你們知道《金剛經》嗎？有人問佛陀：『眾生如何降服其心』？眾生的心紛紛亂亂的，該如何調伏呢？佛陀說：『如是住，如是降服其心』，就是如之何，步步人生步步禪，講完了！」

陳老師再補了一句：「也許你覺得我不僅沒有回答你，還打斷了你的話柄，其實我是悲心太切，全盤托出了。」

小郭說：「老師回答了，我還是不甚了解。」

「後面那些不是要去了解，而是要去實踐，要對存在敞開，要去經歷的。『如之』就是在經歷當中、在生活之中，『何』就是一種探索、質疑，所以說『如之何』是一種對存在的敞開與探索，是一種實踐，這樣才能歸於中心，才會有一種品質產生，有一種結晶。」

「這可以訓練嗎？」小郭誠懇地問。

「幹嘛要訓練？」陳老師瞪大眼睛，彷彿聽到什麼怪異的事情，「訓練的意思是什麼呢？我們只能訓練動物，訓練一條狗去接飛盤、訓練一隻鸚鵡講話，我們何其忍心去訓練一個人呢？雖然你不警覺，希望我這樣訓練你，可是我不忍心哪！而且要把你訓練成什麼呢？你不夠好嗎？你不夠存在嗎？你不是奧修的門徒嗎？他講靜心、講no mind，講存在啊！你要我訓練你嗎？可以啊！請你現在倒立三十秒，開始！可以這樣玩喔！而且這樣操作，能為一個老師、一個團體帶來很大的利益。玩死你呀！如果我沒有眼睛，不知道真相，或者不想告訴你真相是什麼，我可以這樣玩。事實上，我根本沒有辦法玩假的呀！」

「像你現在拼命點頭，」陳老師抓住這一瞬，急問小郭：「這個是誰？要去參究喔！點頭的不是身體，也不是心智喔！我也不是說有一個靈魂，你不要馬上有一個概念，就鑽進去了。那些文化的意象，那些傳統的訊息，往那裡鑽是浪費時間！」

世上有天雷地火的愛情嗎？

休息十分鐘，一屋子人嘰嘰喳喳地討論著，夾雜莫名的興奮。

梅子和丹丹聊了起來，率直的梅子詳細地告訴丹丹，他在課前帶領的暖身雖然熟練，可惜不具感情，帶動的效果亦打折扣。丹丹雖有些羞赧，仍一付虛心聽講的模樣。

當陳老師坐回椅子上，梅子搶得先機，進一步追問另一個重大的問題：「我和田醫師的感情是一點一滴長出來的，和第二任男友則是天雷勾動地火。可是交往一年以後，我又開始對很多人有天雷地火的感覺。雖然我並沒有和他們幹嘛，我心中逐漸有一個想法，想追求一個最大的天雷地火，世界上有這樣的愛情嗎？像我現在和田醫師的愛情會幸福嗎？我可不可能在遇到一個最大的天雷地火之後，就滿足了呢？」

陳老師微笑著：「會啊！而且目前只有妳會。」全班哄堂大笑，梅子也很樂。

等到笑聲暫歇，陳老師繼續說：「為什麼呢？因為妳有田醫師，田醫師對妳很敞開，而且彼此互補嘛！互為主體，互利共生，他有那個向度，這是第一個；再來是妳已經跟很多人發展出內在的天雷地火，妳對這部分有渴望、有企圖；第三個就是妳有這樣的誠實，承認自己花痴，對愛情有這樣的嚮往與衝動。沒有幾個人能像妳這樣，敢讓自己『妹』力四射，去感受其他人的身體、能量。最重要的，妳同時也在質問一個問題：有沒有一個再也不動的天雷地火，能量的爆破？」

「對啊！我真想問……」梅子的眼睛瞪得老大。

「有啊！就是存在本身。開悟成道的那一剎那，就是最大的天雷地火，再也不會有了。耶穌、佛陀、奧修、老克，他們成道之後，就再也沒有你、我、他了。那不意味著空無的概念，而是他們融入一切，又不屬於一切，那就是最大的天雷地火，那就是存在本身。那種光、那種能量、那種向度、那種愛，世上再也不會有更多的了。如果還有更多，代表之前的開悟成道有問題，那是一個境界、覺受，一個記憶、經驗而已。

存在本身讓萬事萬物在這裡，那不是最大的天雷地火嗎？按照大霹靂來說，一剎那的爆破，就有了一切，宇宙就誕生了，存在是這樣啊！讓這一切示現了！存在本身依舊如如不動。它是很大的能量、很大的光、很大的愛與流動。永恆的當下卻依稀彷彿在變化當中。

宇宙只有一個事實：一切都在變，沒有不變的。『沒有不變的』正彰顯了永恆的當下，這就是最大的天雷勾動地火。歸於中心、覺察、記得自己，是為了來到這一點。小心『來到這一點』，這句話，好像有一個『來到』的時間過程，那是語言文字的謬誤，也是文法的必然性。我剛才提醒妳要意識到自己，因為那才是真正的天雷勾動地火，可以逼顯存在向度的本身。」

哪裡去找最大的天雷地火？

「我覺得陳老師答得很好。就如老師剛才說的，這讓我有一個追尋的方向。不過每當我問他時，」梅子指著身邊的田醫師，「他都說那是我的幻想，沒有那種事。這世上真的沒有那種事嗎？」

田醫師解釋說：「她的意思是在一個人身上找到這種天雷地火的感覺，這是不可能的。」

梅子不死心：「我當然知道要往自己身上去尋求。但是在別人身上，真的找不到最大最大的天雷地火嗎？」

陳老師說：「那種天雷地火，除非存在本身已經賦予了，否則在外面一定找不到。」

「不是我要向別人拿，而是我和對方在一起，互動的過程本身……」梅子不願意放棄。

「好吧！妳遇到一個男人，給妳很大的天雷地火，妳感受到巨大的能量，那也是互相引發而來的激盪啊！對不對？再來我要問妳，激盪的那個點在哪兒？」

「在每個人的本身……有了本身才能激盪。」梅子試著回答。

「對，那個最大、最後的引發點，在時空中是飄渺的。怎麼剛好是那個人呢？怎麼剛好會有那個激盪呢？我告訴妳，這件事寄望在一個人的身上，機率太低了，因為妳只能等待，或許有，或許沒有；或許出現，或許不會，就像慧星撞地球一樣。然而這在妳的存在本身就有了，何必幻想另一個人呢？再者，照妳這個說法，耶穌、佛陀、奧修、老克以及後來的開悟者，他們都要在別人身上成道嗎？怎麼可能？那最多只是一個指引或印證。」

「我有一個朋友，」梅子舉一個例子，「她不斷更換情人。她說每個情人都是一次天雷地火，當她得到那種感覺之後，就把他們甩掉，換下一個男人，而下一個又是另一次更大的天雷地火……她就這樣替換下去。」

「對，妳也想一直這樣下去嗎？」

「我想問，她所經歷的是不是真的天雷勾動地火？」

「在她的感覺裡面，現在這個勾動、這個經驗，與上次相比，永遠都會是更大或是更新的，這是比較級的問題。而且我告訴妳，只要是新的，它就會是最大的激盪。新的感覺永遠壓過舊的感覺嘛！新的是一種當下，而舊的是一種回憶，當然舊不如新嘍！而這就是妳要去追尋的趨向嗎？別忘了妳要的是真正最大的爆破，怎麼可能只是一逕向外追尋的呢？」

「如果真是這樣的話，他，」陳老師指著坐在身旁的丹丹，「一個跟了我十二年的學生，怎麼會不開悟呢？十二年來，用copy、用撞擊，應該會有一點吧？然而可能嗎？奧修的門徒遍布世界各地，他們都很迷奧修，我辦創見堂時，瑪莉請他們來開課，我卻發現他們都沒有獲得奧修的精髓，為什麼呢？因為他們只是門徒啊！不是他們自己。」

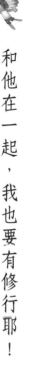

和他在一起，我也要有修行耶！

梅子再舉一個例子：「這樣說好了，我是幫那些沒有男朋友的人問的。她們除了追尋自己的內在，是不是要等到情感具有某種純度的時候，才跳下去和對方交往呢？我爸有一個學生，她等了十年，都等成老處女了，竟然真的讓她等到了那個人。看了她的例子，我就想，其他人是不是都應該學她？」

老師馬上嚷著：「不要這麼殘忍嘛！要一個人等十幾年，北極光嗎？或許出現，或許不出現，妳在等一顆哈雷慧星嗎？幹嘛？妳不能用這個單一的個案，要人們普遍遵守。就像奧修的啟明經驗，可以變成人類啟明的共通法則嗎？每一個啟明、每一個成道都不一樣啊！不可能用一個成功的個案去套用所有的情況，那是不可能的。而且妳現在說的，與妳剛才說的好奇與花痴，不是相違背嗎？花痴是輻射狀的，是被吸引的。」

「這是有所不為嘛！她就要等到所有的條件、感覺都對勁了……」梅子說。

「好吧！那除非妳是上帝，妳有鋼鐵般的意志，妳只相信自己，然後剛好有一個倒楣鬼被妳折服了，因為他沒有自己，所以被妳折服了。有這種人呀！一直在等待一個供我們頤指氣使的男人或女人嘛！這該怎麼說呢？就算是業力好了，他前輩子欠她的，這輩子只好對她唯命是從。倒是妳，妳某個部分是該去彰顯的，不然妳會這樣又踩油門又踩煞車，這是妳整個身心能量的狀況，看起來妳好像要加速衝過去，卻見妳又踩了煞車，既希望有所為，又要有所不為……要小心妳的車子呀！」這個妙喻惹得全班哄堂大笑。

「這也是一種生命的藝術啊！能夠既踩油門又踩煞車，要能這樣很不容易耶，我練了多久！」梅子笑嘻嘻地說。

田醫師也切進來說：「我就說那是她的問

題，其實她很享受在其中。」

「完全了解，」陳老師一副了然的模樣，「田醫師沒有因此瘋掉，真是有修行！」

田醫師笑道：「彼此啦！」

梅子不服氣：「喂！我和他在一起，也要有修行耶！」

全班看著這對歡喜冤家，再次爆出大笑。

陳老師笑著說：「從這一句話，我們就聽到所有的故事了！故事不重要，要聽的是那個感觸，那個ＤＮＡ。」

陳老師對梅子說：「好啦！不可能在外面成道，那些或大或小的激盪只是比較級，新的總是比舊的好。不必害怕會失去什麼利益，就把原因歸咎到別人身上。一切都是不可控的，我們要允許失落、崩盤，因為生命一定會崩盤啊！不要把責任推到別人身上，自說自話，開始妳的冒險吧！讓車子往前走，不然妳同時踩油門又煞車，車子會被妳瓦解的。」

「其實，她在尋找一種不曾在我身上發現，但還想從別人那兒完成的經歷。」田醫師說。

「田醫師，把她丟了吧！把她遺棄。」陳老師似乎又開起了玩笑。

「不會。」田醫師很沈著地回答。

「你要說會，把她從三樓這裡丟出去，不管是心理上或行為上，都做這個動作。讓她去完成她自己，她最恐懼的是這個。」

當陳老師慫恿田醫師遺棄梅子時，神色不定的梅子不再說話，垂下頭，怔怔盯著地板。

「是另一個人不讓她嘗試，不是我。」田醫師申明。

「這是她很巧妙的地方，一個當油門，一個當煞車板嘛！」

陳老師對梅子說：「如果妳敢去承受這個最後的撞擊，若非另一個人，搞不好就是妳和田醫師之間的結束。妳會因此完成妳自己，妳那些神經質、那些恐懼會轉化。妳知道嗎？休息時間妳對丹丹的指點，有著上師達顯的品質。儘管他多才多藝，也頂著理工的頭腦分析事理，卻被妳看出很關鍵的這一點，可見妳有這個直覺和洞察力，妳用不著抓著一塊浮木嘛！何不讓自己縱浪大化呢？妳知道嗎？妳不只是個女人，以妳的敏銳度，妳還能是一個幫人滅苦的人。妳的敏銳度如果不去鍛鍊它、完成它，會變成神經質。」

「而且野心很強！」田醫師補充。

「對，能夠承受妳的男人真是讚！真是勇！」陳老師豎起大姆指。

「就是這樣，我才會成長。」田醫師謙虛地說。

「才成得了蘇格拉底。」陳老師和田醫師 搭一唱起來。

梅子淘氣地模仿陳老師的台灣國語：「妹（滅）苦！」大家笑倒，陳老師卻說：「我要很驕傲地告訴你們，你們也只能挑我這個毛病了！」立時笑聲震天。「我是很有悲心地保留這個毛病，讓你們挑別的。」老師意猶未盡再補一句。

德行是真實的完成自己

說話不疾不徐的淑津說：「當梅子在說她的渴望時，我才發現自己是一個懶惰的人。我有一個先生，一個男朋友。我的男朋友就是我先生，我會從一而終。男人我也會欣賞，比如我現在靜靜看著陳老師，覺得老師很帥、很有魅力，我也很喜歡，這就是一種純欣賞，我不會想和老師有一腿。」全班大笑。

「妳的訊息我接收到了，下課後談。」陳老師俏皮地擠擠眼。

「我覺得任何一個人都很好，每個人都有其優美，我只是純欣賞而已，沒有想要和他們怎麼樣。請問老師，我這是什麼狀況？」淑津把球投給老師。

陳老師笑著說：「安全的狀態，一般人的狀態，道德的狀態，好母親、好女人的狀態啊！社會傳統要妳做的妳都做到了，會讓妳心安理得，走完人間的道路。」

淑津笑道：「老師談到是社會規範讓我變成這樣，然而人是多樣化的，有梅子那樣的人，也有我這樣的人。老實說，以前我恨透了梅子這樣的人，如今我可以欣賞她，欣賞她這麼『敢』。」

「因為妳長大了。」陳老師微笑著。

「我想請問老師，我這樣會怪怪的嗎？從小我就覺得自己和別人不一樣。我不是想批判任何人，包括我自己，我只是想了解目前的狀態。」

「每個人的人生課題不同。新時代的講法是有些人是老靈魂，有些人是新靈魂；有些人讀小學，有些人讀大學，有些人讀研究所。妳這樣沒有問題。我不是說從一而終、傳統就是錯的，除非妳在這裡受苦，在這裡卡住，我們才來探討那個原因。另一方面是除非妳有更大的意願，有更大的能量，想繼續往前走，否則妳眼前的一切都很好，能自我調適，又能欣賞別人的不同，這樣又有什麼不好呢？

我從三十歲出來講課，到現在四十四歲了，經歷過很多無法承受的狀況，以前我也沒辦法接受很多事情啊！我知道田醫師如果想做事，想要對外公開，也會經歷很多的情緒或痛苦。因為我們一開始不是很完整，對自己也不是很誠實，並不是那麼適合當老師。那都需要去模擬、鍾鍊的，這裡面會有很深的痛苦喔！因為有一個成長的過程要發生嘛！也許，對妳來說人生這一遭就是成為一個好女人、好妻子、好母親，而且妳沒有遺憾，那又有何不可？不是每個人都要在這一世裡解脫開悟的。宇宙是一所大學校，有一些人有更大的痛苦、敏銳與直覺，他內心有一個召喚，必須要完成他自己，他就會自然地往這條路走了。」

淑津又問：「老師之前提到那些愛的流動，我就會懷疑自己沒有能量，無法流動？」

「妳有能量，能欣賞很多人啊！妳有感受，不是麻木不仁。如果說妳的福報很好，有時間、空間從事內心的探索，又有這一群朋友，妳並非一定要待在那裡。人這一生的德行，不只是做事的德行、回應別人的德行，而是真實的完成自己。即使社會上、傳統上認為非常不可思議的行為，但他是記得自己的，在完成自己，是有意識的，我們或許都要抱著讚嘆的眼光。」

經過一陣熱烈的探討，時間無聲無息地來到十點半了。陳老師看著不斷被笑聲刺激著，臉紅通通、心跳鼓鼓的新舊朋友們說：「今晚的課程要告一段落了，謝謝各位光臨，謝謝田醫師有這麼大的胸懷，帶學生來到這裡，這讓我不敢亂講話。」

陳老師似乎想抓住最後一個開玩笑的機會：「我對別人的學生分外珍惜，對自己的學生都沒有這麼認真，你們看丹丹他跟了十二年，沒學到什麼屁！」全班爆出刺耳的笑聲。

梅子打抱不平地說：「喂！老師你這樣會傷學生的心喔！」

偉仁提醒愛開玩笑的老師：「這樣說，我們招生會有困難喔！」

陳老師望著梅子，認真地說：「如果妳真的愛丹丹……他是台北最後一個處男。」

嘩——笑聲前所未有地沸騰起來。

也許因為今晚的話題，以及學舍中充滿愛力的氣氛，課程結束後，ㄍㄧㄥ了很久的小石頭，顧不得大家還沒走光，就緊抱著瑪蒂妮大哭起來。這時，瑪蒂妮發現持續了一整天受傷的感覺，完全消失了。不由得令人想起聖經中耶穌以愛行奇蹟的故事，對任何創傷而言，愛真是起死回生的特效藥！

拒絕自己長大的孩子

下課後，學員大半離開，只剩幾個核心的學生還留著，這時主角換成丹丹，他與歐瑪、偉仁、澤民、晶敏和瑪蒂妮等人，圍著陳老師，繼續今晚未竟的課題。

「修行不能少掉這一部分喔！」陳老師語重心長地告訴丹丹。

「修行是少不了關係的，除非你跑到深山裡去。你越不敢踏出來，上帝給你的個案就越大。上帝就在你門口放一塊很大的石頭，讓你效法愚公移山的精神，倒是你不願意當愚公，要當那個不出門的秀才，好玩的是你還以為自己能知天下事哪！」

偉仁看見瑪蒂妮又掉淚了，對她說：「我覺得妳的眼淚很珍貴。」

「那多哭一些吧！」陳老師笑著說。

「總比把自己設定得穩穩的，不要再有衝突的好。」偉仁肯定地說。

陳老師為瑪蒂妮打氣：「妳回去告訴小石頭，我們都支持他，知道嗎？叫他有空常來這邊。」

丹丹把針對自己的話題接上，「我覺得我已經比較放鬆啦！老師現在取笑我，我都沒怎麼樣。」

「你真的要去面對古荔，不能逃開啦！當然我不否認，你的個案很特殊。」陳老師的口氣帶著請託。

澤民邪惡地說：「不如今晚就逃到她的床上吧！」大家紛紛鼓譟起來。

「我沒有逃開，我不是來了嗎？那種感覺就像我在面對一齣戲，而那齣戲不願意結束，我是挺束手無策的。」丹丹一貫的無奈與抱怨，看起來也像一齣不願醒過來的戲。

「這可能要有點冒險犯難的精神。」陳老師說。

「怎麼冒險？」

「滿足她囉！」

「我試過啊！不過那齣戲好像永遠都在播同樣的劇情。」

「這樣講起來，要你這樣做好像太為難你了。」

「就是她必須不斷去攻擊……」丹丹無奈地說。

「不過，她如果是一座山的話，你動手去移山，到最後完成的是你自己——一條康莊大道哪！這是很大的禮物。」

「我知道。我覺得她藉著不斷地拒絕我，來判斷我是不是真的愛她？」

「這個遊戲的腳本你很清楚啊！清楚就遵守嘛！被拒絕一百萬次，你還是沒走開，那就證明你『愛』她了，她終究得接受自己的邏輯……好吧！這是她的迷信。」

「我也沒有離開啊！我只是往後退一步，她就覺得那是拒絕呀！或者我靠近一點，她也會很生氣。」

「我們非常了解你們的狀況，現在只剩下一個問題，那你要怎麼辦？她就杵在你的門口。」

「我真的不知道要怎麼辦？往前走一步，她就一副不要我靠近的態度，往後退一步，她又說我很冷漠。進退維谷，就是這種感覺。」

老師加重了語氣：「這不就是修行嗎？愛情中的修行。進退維谷正是要你走出腳下這條路。」

「可是我不知道怎麼走？」

「傻傻的走，」陳老師急切地說，「你可以配合她的韻律，如果被她拒絕一百萬次你都沒走掉，她才相信你，那就讓她拒絕一百萬次，因為你已經知道她的邏輯了嘛！你靠近她讓她歇斯底里，總比拒絕她讓她歇斯底里好啊！至少讓她感到你真的關心她。她也知道要不到你的愛情，可是別讓她覺得你連友誼都是騙她的。你總是在這裡分析個老半天，然後說：『我不知道啊！』就沒下文了，她恨的是這個。」

「可是在我的心情裡，我也沒有走開啊！」

「不管怎樣都沒有關係，即使你很生氣，勉強自己靠近都無所謂。被她拒絕了，往後退，下次再靠過去。比如你來，看到她便打聲招呼說：『古荔，我來了！』她在生氣，你可以說：『那我走囉！希望妳有一天能接收到我的好意。』就這樣，知道嗎？」

「這就是我以前對待初戀情人的方法。」偉仁耐人尋味地說。

「其他的策略、想法都沒有用。」陳老師說，「抱歉，我指的是你用恐懼、分析、解釋來拒絕長大，拒絕負責與成熟。」

「我也沒有用什麼策略啊！」丹丹分辯。

「你只能這樣做，而且這樣做你不會損失任何東西的。」

「這是個考驗。」偉仁說。

「大不了你就在她面前四腳朝天哭給她看，把最脆弱的一面讓她看到。」陳老師促狹地說。

晶敏大笑：「如果這麼辦的話，僵局一定馬上打破了。」

丹丹說：「有時候，我是不知道怎麼回應。和古荔的關係裡，我覺得自己像個黑洞，不管什麼東西丟進來，我不會有任何回應。可是我也沒有拒絕，也沒有把她彈回去呀！」

偉仁警告丹丹：「那你需要磨更久哦！」因為丹丹面臨的不只是一齣拖戲的八點檔，他也參與演出，而他的角色是拒絕自己長大的孩子。

歐瑪提醒丹丹：「對，你是很清楚，問題是你不能拿這種清楚交代過去，然後什麼事都不做。」

最後偉仁體諒地說：「其實，這個考驗對我們是有益處的，雖然它實在令人不舒服。你說讓一個人一再去碰釘子，一次、兩次，然後他要一直維持那個耐心……這真的不容易，是種挑戰。」夜漸深，雖然討論熱切，也不得不終止。

WELCOME
2004

創造一片工作中的生活花園

陳建宇講述／吳文傑整理／吳舜雯定稿

在你工作的時候，
你是一支笛子，
時光的綿綿細語，
透過你的心靈變成了音樂。
什麼叫做充滿愛心地工作？
就是從你的心底抽出絲線紡成布，
彷彿你鍾愛的人兒，
就要將它披裹在身上……

——卡里爾．紀伯倫《先知》

你為什麼要工作？

上個禮拜，有學員希望今晚多談點關於「工作無懼」的部分，陳老師不知從哪兒找來一只心型的小枕頭，要大家依序傳送，拿到的人就來談談對工作的想法或困擾。習慣坐在老師左側，平時上課都提早出席的小郭，當然第一個發言。

「工作一定會有問題，不可能沒有。」小郭說。

「我昨天才被老闆罵，因為部屬常犯錯、出狀況，害我被罵。不過不曉得是越修越像木頭，還是怎麼……我現在被罵，卻覺得和我沒什麼關係，就是不會有情緒反應。」

「那以前很容易嗎？」陳老師問。

「是，從去年開始，那種感覺就好像不是在罵我，而是看第三者被罵。」

「你這個工作做多久了？」

「我的工作都是服裝打版，做十幾年了，到目前這家公司一年多。」

「除了挨罵不以為意之外，你對工作的感覺是什麼？你為什麼要工作？」

小郭對於修行興趣濃厚，雖然老師希望他多談談工作，他還是禁不住在修行上打轉。

「工作對我的修行是有所幫助的。一開始被罵會很在意、受不了，到現在我有觀照到被罵的那種感覺，不是自己被罵，而是在看第三者挨罵。」

「為什麼一種工作可以做十幾年？」老師把話題拉回來。

「已經換不了。」

「這是你唯一的技能嗎？」

「我有一陣子嘗試去做sales，做了半年，發現沒辦法說謊，又回來了。打版的工作需要思考，不必說很多話，我比較喜歡。」

老師點點頭，「看起來，這個工作比較符合你的個性。你又單身，一人飽全家飽，也喜歡修行，這個工作和你的人生是靜態的搭配。」

「可是有時候又想逃離。」小郭不太同意地說。

「為什麼？」

「因為這個工作很繁瑣，壓力很大，一陣子之後會倦怠。」

「但畢竟沒有。」陳老師直接地說。

「自從我來這裡上課以後，便覺得樂

在其中了。」

「為什麼？」

「不曉得，以前害怕出差錯，現在都看破了，反而更積極、更投入了。」

陳老師笑道：「看破了讓你比較積極、喜悅，是不是？」

「嗯！」小郭點頭。

老師淡淡地說：「你來這裡上課，到目前仍在為學日益的正面影響當中，還沒有來到為道日損的負向破壞階段。」

如何把一個部屬fire掉？

小郭終於把話題轉到眼前的困擾上：「最近，有人勸我把某個表現不理想的部屬fire掉，我很掙扎，因為她的腳有點兒不方便。我和她溝通時，才發現她有成長，只是別人不一定看到，我不知道該如何抉擇？」

陳老師說：「我看你也不必抉擇，依你的個性，除非老闆叫她走路……」

「可是老闆不想資遣她，她一出狀況，就叫我抓住機會找她談。」

「這是你工作上唯一的困擾嗎？如何把一個部屬fire掉？而且是老闆不想付資遣費，

要你處理？」

小郭點頭說：「老師，我該如何處理這件事？」

「如果是我碰到這種事，對方是殘障，看到她有進步，雖然幅度沒那麼大，我大概不會請她走路，不過會承擔所有的責任，包括被罵，反正老闆需要的是我的技能，損害一點形象，承受一點壓力不算什麼。」

「不只是老闆有意見，她也和我們的team處不好，不受歡迎。」

「這方面你可以告訴她：『和別人相處的時候，妳是不是該警覺一些？老闆那邊的壓力我還可以承擔，如果同事都不喜歡妳，工作情緒受影響，我就沒辦法幫妳了。』」

老師耐心地和小郭進行沙盤推演。而原本是好好先生的小郭，碰上陳老師直接面對問題的態度時，逐漸變成什麼都不好了。

「已經對她講過了。」小郭無奈地說。

「有困難嗎？」

「還好，她可以接受。只是她的工作出問題，老闆沒辦法忍受，比如採購一批布，用量多少她會算錯，出入很大。」

「那還不簡單啊？換一個生性專注，不會算錯的人來算，叫她做別的工作。」

「她是樣品師，這個工作是分內必須完成的。」小郭強調地說。

「如果我是老闆，會馬上換人，因為承擔不起這種損失；再者這不代表她在別的地方會繼續錯，所以應該調她的職位。」

「樣品師本來就負責計算用布，很難去調她的職位。如果把我調去做會計，我也一竅不通啊！我們也只能待在一個範圍裡。」小郭篤定地說。

「這麼說來，她幾乎沒有立足餘地了。」

「對啊！可以這麼講。」

「從先前一點一滴講過來，所有不利於她的條件都出現了。」

「愈來愈明顯。」小郭承認。

向左走，向右走，你正在幹什麼？

按照小郭的說法，似乎情勢非常惡劣，陳老師改轅易轍，建議小郭引導下屬了解存在的真相。

「對她來說，沒了工作，家裡就少一份薪水，再怎麼難熬她都會熬，苦的是沒有足夠的能力，和同事又處不好。人只要一點出錯，delay下去，這邊混、那邊耗，只會每況愈下，除非有警覺，願意醒過來看到問題的真相，否則就會不斷重複。你要引導她看到這個真相，所謂『朝聞道，夕死可矣！』在旦夕之間讓她發現自己的處境，這是你可以盡力而為的地方。」

「太難了！」小郭不以為然地說，「我和她談了三、四次，有時候會點醒她一點。比如上禮拜我問她是不是常常晚睡？因為她在工作時精神不集中。她的解釋是這兩個禮拜加班太多，太疲勞了。」

陳老師鼓勵小郭更進一步：「你要引導她看到自己完整的真相，不只是能力問題，還包括她的思維、個性、生存恐懼、成長意願和人際關係等等，否則她不可能改變。」

「我看到她有在改，只是不可能一下就調到那樣的水平。」

「那你就讓她在錯誤中學習，慢慢等水平升上來再說吧！」

「其實我們公司不允許。」小郭輕輕地搖著頭。

「那就沒辦法了？」

「就是左右為難啊！」

「這樣不行、那樣也不行，就只能左右為難了。不是她要醒過來，就是有人要當壞人，不然就不要和她計較、給她成長空間，只能這樣嘍！如果是我，就會強力說服老闆換個適合的工作給她。」

「老闆就是要我抓她犯錯的機會，把她fire掉啊！」小郭有點急了。

「或者你向老闆說你真的下不了手，請他找別人。」

「這件事老闆不可能出面！」小郭斬釘截鐵地說。

陳老師反問小郭：「你的老闆不願意直接資遣她，只好找個人去當劊子手，不過沒有人想當壞人，出問題的人又無法急速成長，在你的人生中有很多事情是這樣，對不對？」

「倒不怕當壞人！只是現在景氣那麼差……」小郭又躊躇了。

「嘿！嘿！小郭，你在幹什麼呢？」陳老師笑著說，「不管任何狀況，包括我們的人生，我們都要有意識地採取行動讓現狀改變，不然講到最後都是理由嘛！向左走，不敢！向右走，不能！就只能左右為難。小心！你這樣操作人生，講好人是爛好人，講壞人也不見得是壞蛋。這樣來講修行、講認識自己，其實都隔了一層，不著力嘛！」

不再配合小郭「想辦法」的陳老師，直接點明小郭的盲點。

「縱使她留下來，」陳老師強調著，「也要讓她知道留下來的原因，讓她知道感恩，她才會成長，也會與大家有連結，對不對？每個人都不去面對真相，以為奇蹟會自動發生，該付錢的不想付錢，該走路的不想走路，有義務帶她成長的人，又力有未逮……」

有一個人願意動，局面就不一樣了

「如果我們老闆是你，當然沒問題！」小郭突然乾坤大挪移地說。

「喂，這是空想！」老師把小郭拉回來，「這裡面只要有一個人願意動，局面就不一樣了。有時候真相會讓人成長，不揭發真相，是在因循苟且，從這裡可以看到人性上的樣貌。我們為什麼要談工作無懼？因為每個人都有恐懼嘛！有人害怕付錢，有人害怕當壞人，有人怕沒有錢生活，有人害怕與她相處，就希望她走路……，人都要別人來滿足自己的某種『快感』，這都工作有懼，當然也都關係無愛。

你不一定只能把她fire或當爛好人，也不只讓她以為早點睡就不會犯錯了。而是讓她知道她的恐懼、老闆的恐懼，還有身為上級的你有什麼感覺，同事和她相處的困難，這都要讓她知道。你要有能耐和愛心說明她的處境，她才會警覺，不會僅止於得過且過，交差了事。」

陳老師告訴小郭，如果他願意誠實面對自己，這種態度自然具備解決問題之道。

小郭再度轉移焦點，「十一個樣品師只有她會出錯，別人也教過她，不曉得是她的問題，還是……」

陳老師嘆了口氣，問道：「按照你的講法，好像這一切都無法解決，只能解釋？」

「不是不能，我要出面解決這個問題！」小郭肯定地說。

「好，你怎麼出面？不會只請她走路吧！」

「這很難講！」

老師專注地看著小郭說：「我把你的問題放在人內外的處境來談，倒是你不願去看更多的環節，只想把它簡化成一個問題，要嘛某人錯了，要嘛大家都沒有錯，其實是大家都在混。你要得到這樣的結論嗎？如果是這樣，那工作無懼的課程你要更用心喔！在我們的討論中，你是否發現自己一貫的心態與習性呢？別忘了，你所講的，也就是你以為你看到的，然而真相是什麼呢？」

小郭分辯：「還是有人有錯啊！怎會沒人有錯？」

陳老師逼近一步問道：「你好像習慣戴某種眼鏡在鼻子上，而且遺忘了鏡片後面的人，多準備幾副嘛！遠近上下、四面八方都要看見才行。你說有錯，哪一個人錯了？」

「是那個當事者的錯……」小郭說。

陳老師望著小郭，「由於我們不願意對整體環境——人的內外活動——覺察，到最後只能像你講的，十一個人只有她一個人出錯，那為什麼十個不出錯的沒辦法教會她呢？」

「應該是她本身能力不足，每個人工作量很大，不可能天天帶她……」小郭說。

「廢話！每個人都要上廁所，那個拉肚了的就是錯的人嗎？」陳老師語出驚人地說，「如果這樣，早一點請她走路不就得了？你提出一個問題，卻一路為這個問題找一大堆理由，就這樣而已啊！」

推來推去，當然天下烏鴉一般黑？

「犯太多錯誤，當然是要……」小郭有點遲疑地說。

「你已經下定決心請她走路了嗎？」陳老師直接地問，「一開始你替她講話，後來發現矛頭指向你，就說她犯太多錯誤？其實我不是要把矛頭指向誰，我關注的是你們公司的文化、你個人的心理機轉、當事者對事情的反應，以及你是否看到自己用一副不怎麼清楚的眼鏡在看世界？這個世界又被你看成了什麼呢？」

「那得要從多個角度來看，多聽……」小郭說。

陳老師嘆了口氣：「現代這個社會，每個人來到自我的這一點，幾乎都不會去看整體的環境、去看文明的連鎖反應是怎麼產生的？人類自私的基因又是如何產生，以致於造成眾生受苦的循環？每個人在社會上都是一顆螺絲釘，無法看見整部機器，不知道哪裡出了問題？來到你這一點，就說是某個螺絲釘的錯啊！把它拔掉就算了。這也是社會分工以後，所形成的一種不覺察、沒有智慧、沒有愛的文化。最後只剩下，你要不要當壞人這個問題而已。你這樣的回應，就變成這樣喔！我剛剛的分析，對你的問題是有建設性的，你現在為了規避自己的問題，得出一個結論說，那個人早該走路了！」

「可以這麼講！」小郭坦承。

「運氣不好的話，也許下一個新人還是會有這個問題。」

「對，有可能。」

「從你的表達，可以知道你們公司的文化並不健全，個人也欠缺意識問題和解決問題的能力。」

小郭強調地說：「不只我們公司這樣，整個大環境都是。」

「是啊！整個世界都像這樣喔！」陳老師笑著，「你這樣推來推去，當然天下烏鴉一般黑！你當下到底在維護什麼？是個人？還是公司呢？」

小郭否認：「我是就事論事。」

「喂，誠實一點！」陳老師不客氣地說，「不是每個公司都這樣，否則就不會有鴻海、宏碁和聯電了。有一些公司看到問題便會立刻解決，不准同樣的困擾發生。你說下次人事任用多談幾次就行了，請問在應徵時如何知道這個人比上一個好呢？你怎麼看？如果這個人計算布量沒問題，那其他方面呢？你們人事主任有這個慧眼嗎？你肯去看自己在維護什麼嗎？或者只是找到一個結論說老闆沒錯、公司文化沒錯、同事也沒有錯，是這個人太晚睡了才出狀況，哈哈！」

很多人會認為你是怪胎耶！

玉芳初來乍到，原本沒有準備開口說話，當老師再三邀請時，她有些害羞地說：「我覺得在這裡很自在，不陌生，平常我講話都會害怕，現在腦袋空空的，不知道要講什麼。講到工作，我在法院上班，沒什麼壓力。」

「妳一定不是當法警的。」陳老師想引玉芳多說話，明知故問。

玉芳笑道：「對，身高不夠高嘛！之前滿會ㄍㄧㄥ的，人家誤會我，我就會據理力爭。這幾年有看心靈的書，慢慢懂得寬恕人家，懂得大家都是一體的，就覺得天下都沒什麼事啦！」

「妳的工作穩定嗎？」陳老師問。

「雖然穩定，我卻不喜歡，想找第二專長，又好像很難。我有一個小孩，已經十八歲了，可以說是『出頭天』了。平常在辦公室很孤單，找不到一個可以聊天談心的人，下班以後就弄些花花草草，好像在混日子，不知道人生的目的、未來是什麼！覺得自己的命運和人家很不一樣，所以想走心靈這條路，加入過一貫道，後來又當了逃兵。最近這幾年開始參加讀書會，講到如何觀察、覺照自己，才知道往內找。可能是準備好了，今天才會碰到這麼好的因緣。不要說以前，如今都覺得自己活在地獄裡面。」

「看起來不大像。」陳老師懷疑地說。

「不像喔？哈哈……我有在改，慢慢在改。」

「為什麼說自己活在地獄裡面？」

玉芳解釋：「以一貫道來講，我好像逃兵，很想回去找他們，又想逃避自己。我不喜歡回家，喜歡在外面混。剛剛講到爛好人，我就是一個。當爛好人讓我嚐到很多苦，不知道要怎樣跳脫出來？也許都算是人生的經驗吧！目前很喜歡和一些知性的朋友談玄論妙，這是最幸福的事。」

「妳晚一點回家沒關係嗎？」陳老師問。

「沒關係，只有孩子跟著我住。」

「先生呢？」

「給我自由了，因為家變，我才上台北來的。」

「嗯，妳有勇氣講這一段嗎？」陳老師關心地問。

玉芳有點兒難為情地笑著，然後轉移了話題：「大家都不陌生，我就豁出去了。不然要講什麼呢？講工作也一定會談到。我實在不喜歡法院的工作，很沒有人情味、很現實的地方，大家都戴著面具，讓我寒心，很想逃，又不曉得逃到哪裡？」

陳老師誠懇地探向玉

芳：「妳說工作上的同事都戴著面具，沒辦法談心。也許戴面具的人也和妳一樣，期待別人真心，搞不好妳也戴著面具，只是不自覺而已。」

「對，這點我有在思考，我的面具已經拉開一半了。」聽到這裡，大家都笑了，玉芳也笑著說：「用一半的臉和別人接觸，我是爛好人嘛！碰到別人有困難不拉他一把，會覺得對不起良心，所以有幾個朋友就比較了解我。」

「慢慢把另一半的面具也拿掉。」陳老師鼓勵玉芳，「當有人開始不戴面具，大家發現不戴面具也沒有什麼不測，就會跟著拿下面具了。不只妳說法院的工作很無情，在社會上我們也覺得很冷啊！然而當妳願意做第一個熱情的人，慢慢地有些人也會跟著熱情，對不對？我們可以主動啊！」

玉芳大叫：「可是很多人會認為你是怪胎耶！哪有人……」

「是啊！妳不認為我是怪胎嗎？」陳老師笑吟吟地說。

「前幾天在晚報上，」玉芳說，「看到一個法官他不收紅包；他只送人紅包和白包。我覺得很感動，哪有人那麼傻的？我先生走的那一年，我還接近一貫道，好多姊妹都在清晨送報。她們說送報可以廣結善緣，又可以鍛鍊身體。我那時想救我先生，就接了一份工作兼差，我本來體弱多病，沒想到因此鍛鍊出強壯的身體。」

「送報紙嗎？」陳老師問。

「對，可以同人家廣結善緣。」玉芳認真地說，「在他過世的那一年，我的記憶很深刻，本來今天還好好的，第二天就走掉了，讓我感到人生真的很無常。這種無常也許太深入、太過分了，我開始執著於無，一切都無所謂，錢也無所謂，隨便處理。人生過得很沒意義，很消極，也許別人不覺得。這幾年又看心靈的書，有機會接觸大光明。還有人帶我去靈糧堂聽道，自己會一直掉眼淚，只要唱詩歌就會哭，滿嚴重的。我就因此打破了宗教的藩籬，以前認為一貫道是修行的聖門，現在慢慢體會到耶穌是很愛我的。」

陳老師頻頻點頭：「對、對。」

「慢慢地比較沒有分別了。」玉芳的口氣流露出肯定與滿足，「我現在比較積極，喜歡教會姊妹的開朗、open，也喜歡自己如今的理念，雖然步伐總是慢了一些。」

玉芳話歇，等不到老師的回應，便問：「老師有沒有建議給我？」

陳老師笑著說：「沒有，我想多了解妳。多閱讀、多接觸人、多涉獵幾個宗教是好的。」

別人的冷漠可以讓我受傷，那我算是冷漠還是熱情？

蟄伏在家一段時間的葮菲，最近開始走出來，接觸一些新朋友，也重新投入工作。此刻，葮菲感到些許迷糊、生澀和期待，她的心情由她的臉上一覽無遺。

葮菲紅著臉說：「我覺得很幸運。這個工作快滿三個月了，之前遇到一些問題，好像做什麼都不順，也不滿意；突然這陣子有好多變動，整個環境變成當初我想要的，同事也很友善。」

「因為不友善的人走了？」陳老師問。

「也不是不友善，只是那時這樣覺得。現在換了新主管，好像有種新氣象。今天要來上課之前，我還在想什麼時候要離職？剛才聽他們倆講完之後，就覺得自己還滿幸運的。」

陳老師沒有回應，葮菲便繼續說：「剛剛談到工作環境裡沒有人要當壞人。我那個主管是剛調來的，他的風格是就事論事，該怎麼樣就怎麼樣。新進的同事也很有經驗，覺得不合理的就要爭取。他們問我許多問題時，我才發現我都在抱怨，為什麼沒有像他們一樣去爭取呢？我想多和他們共事，多學一點。還有戴面具的問題，一開始我也覺得同事們都很冷漠，我每天都不快樂。」

「別人的冷漠會讓妳不快樂？」陳老師問。

葮菲拼命點頭：「對！」

陳老師連著丟出幾個問題：「別人的冷漠會讓妳不快樂？別人不夠熱情會讓妳失落？別人沒有做什麼會讓妳覺得被遺棄？這種感覺是很淺、很粗的心念，不要僅止於此。」

「為什麼一直是別人、是環境的問題呢？」陳老師佛然變色，「我們自己沒有熱情，要求別人給我們，這是很奇怪的。好像因為別人怎樣，我們就怎樣，問題是別人怎麼會有那麼大的權柄呢？別人的冷漠可以讓我受傷，那我算是冷漠還是熱情呢？在希望別人給我友善和熱情時，我是友善還是熱情的呢？我只等待別人給我什麼？這種等待外界環境給我什麼的講法是很奇怪的。你們這三、四十年算是白活了。如果我們要講修行、講覺察的話，就要大心、細心，為自己負責到底。」

接著老師提到這趟偕同大夥兒到台中學舍時，才對葭菲有更多的了解。

「我被葭菲嚇到了，一問才知她唸的是北一女、台大！可是葭菲有些反應很像小女孩。我以為高學歷的人較有成熟的人格，因為經過那麼多的淘汰、競爭嘛！能夠讀到北一女、台大，代表妳閱讀、理解以及接受試煉的能力都行，算是社會精英了，竟然會說『別人的冷漠讓我不快樂』？」

陳老師不客氣地說：「從這一點，就知道妳希望人家熱情，自己卻不熱情。」

「熱情的人，怎麼會因為人家不熱情就失望呢？每當我聽到『你不愛我，我恨死你』，就覺得奇怪？明明是我『愛』了，怎麼『不愛我，就恨你』呢？那我到底對你有沒有愛？單從邏輯上推敲就不成立了。我們說社會冷漠、身邊的人戴面具，這就是很不覺察的話了，只是期待環境、別人給妳什麼，根本沒有深入探索人生。妳在一個環境每天待八小時以上，竟然沒有比較深刻的感受和完整的看法，為什麼？」

葭菲說：「我後來有改變一些做法，比較主動，才覺得大家滿友善的。」

「靠近以後，發現沒那麼恐怖？我看到妳有進步了，再來呢？」

「我對工作其實是滿不負責任的，不是很認真。今天第一次在工作時比較認真。」

「那以前老闆付妳薪水，不是很冤枉嗎？」

「還是有認真啦！只是很少持續那麼長的時間。」

陳老師笑著說：「這一陣子以來的成長，讓妳變成可以觀察、有行動力、同理心的人；也或者，妳只是把某個層面處理好了，比較能回應外界的要求而已。然而所謂的『成長』，不單是獲得某種心理或生理上的滿足，主要還是來自對存在真相的觀察與接受，這是一種無條件的蛻變，非揀擇的當下即是。」陳老師苦口婆心地說完這番話，伸手取杯，將茶一飲而盡。

葭菲整理了一下思緒，接著說：「我現在有一種想法，就是以後遇到問題，不管處理得好不好，就是去面對它。」

「妳以前不是這樣嗎？」

「大概都會逃掉。嘻嘻！」葭菲傻笑著。

「好，很好啊！」

創造一片工作中的生活花園

上課之前，就見到瑪蒂妮傳閱她新編就的樣書，大家看了，紛紛讚美並肯定她的才華。當小枕頭傳給她時，她談到了目前的工作狀況：

「我現在在家工作，心態與以前在人公司不同。那時要處理很多雜事，很難進入一個完整的工作脈絡，都是分段的，而一些人際上的衝突也讓人分心。前不久，我接了個case，單獨負責一本書的編輯，今天拿到清樣，感覺上就像生了自己的小孩。剛才大家講到工作的問題，我在以前的公司也有這些情形，想到再去新公司應徵，我就猶豫了。」

陳老師問：「不想再進入體制，為別人工作？」

瑪蒂妮點點頭，「到目前為止，我的生活和工作還是在doing的狀態。有一次，我看到奧修花園的資料，覺得很驚訝，他們成立了一個書房和咖啡館。雖然不曉得靜心的品質怎樣，至少他們把創意帶進生活，讓工作和生活結合。我也想過這樣的日子，不必在意別人，也不必為了生存去做不喜歡的工作。」

「妳想把工作和興趣結合，」陳老師問，「去做以生命特質為核心的工作？對啊！這是一個很好的觀點，不錯啊！我也在這樣做。」

「我希望以後從事的工作和文字有關，」瑪蒂妮自信地說，「也希望它對人類身心靈的進展有幫助。我不想去做那種《〇周刊》，看那個有什麼用？浪費生命、打發時間而已。」

「妳正在做的這本書是什麼內容？」

「關於健康的。」

「要走到這一步，並不困難。」陳老師支持瑪蒂妮。

「以前在公司上班時，我的主動性並沒有出來，可能那時主管就在身

邊，主管沒有動，自己就不會動。我現在是soho，沒有主管在身邊，我得按照自己的感覺和想法盡力去做。」

陳老師的眼睛閃現一道光彩，「如果修行像在為個人工作就對了！記得多為自己負責。面對生活，我們該有自己的願景，那絕對可以完成。跟著自己的內在走，當妳敢於回應內在的呼喚時，妳就會創造出一片工作中的生活花園，甚至還有人會來參與妳的花園，可以的。」

白娃對目前的工作相當感興趣，也認真投入，然而人際關係卻是她最吃緊的課題。「我做這份工作快滿一個月了，是在一個公益基金會輔導重度智障、身心障礙的人。他們很敏感，與他們互動，我學到很多。我的問題是人際關係比較緊張，這可能和我的父親有關。和一群人開會是我的困擾，因為聽不懂別人在講什麼；我也不喜歡別人對我大聲，這時我會把自己縮起來……其實到後來，才發現大家都很溫柔。我現在要學習的是主動給予，這樣會讓我比較不害怕。」

看到白娃行之不易的努力，陳老師為她喝采：「妳好像突然睜開眼睛看世界了，以前都迷迷糊糊的。妳開始能觀察自己，知道以往是怎麼過日子的，願意主動負責，不是讓環境來決定妳，很棒啊！加油！」

生活就是我的創作，那才是永恆的一首詩

輪到每次都在課程進行了大半，才拖著疲憊的身軀和行李箱進來的美若說話：

「呼！教了六個半小時的課，滿累的，不過工作的當下我很享受。今天在安親班教英文，每個小朋友的資質都不一樣，有些很快就有反應，有些就滿遲鈍的，有的還會動來動去，試探我的耐心和底限，不覺知的話，通常就會變臉、抓狂。」

「妳的覺知是為了不變臉、不抓狂嗎？」陳老師促狹地問。

「不是！和他們接觸是滿好的靜心。」

「畫畫算不算妳的工作？」

「不算。畫畫是我的最愛！」

「那教小朋友英文是工作嗎？」

「目前算是工作，我滿喜歡的，」美若笑著說，「不教的話，會想念他們。今天的課排得比較多，就覺得累一點。講到畫畫，我曾經想把它當作職業，但是從一種享受轉為利用它來賺錢時，反而讓我變成一個乞丐。」

「兩性關係也是這樣，」陳老師開玩笑地說，「一開始當然是白馬王子，久了之後就會想：『他能養家糊口嗎？該結婚了吧！』白雪公主後來也得變成黃臉婆了。」

當美若說出心目中在意的排行榜時，陳老師聽了哈哈大笑。

「以前我是男朋友排第一，自己排第二；接觸繪畫之後，男朋友排第一，繪畫排第二，自己第三。後來投入愈深，繪畫第一，我排第二，男朋友第三；最後才發現，畫畫就是我啊！」

美若下結論說：「畫畫讓我從不同的角度，不斷接觸自己，到後來也就不會那麼依賴男朋友了。」

「在感情受創時，繪畫讓妳深入自己，它對妳有藝術治療的效果，妳是這個意思嗎？」陳老師問。

「算是吧！」美若點頭，「在畫畫的過程中，我曾經沒有時間感，也沒有任何想法，單純處在繪畫的世界裡面，要是不畫，我就會心痛，好像世界末日來臨。投入繪畫之後，愈來愈多的人被我吸引，我卻比較沒空搭理。以前我是向外看，現在繪畫讓我深入我自己。」

陳老師揚了揚眉梢，說道：「我以前喜歡寫現代詩，問題是我不喜歡重複，不管是語言、意象、題材、形式、風格等等，因而寫到一個程度就寫不下去了，簡單地說叫『江郎才盡』。我也問過一個隱居的詩人朋友，為什麼很久沒看到他的創作了？

他就說：『建宇啊！我們老在玩那些文字、意象，想表達各種感情和境界，有一天，我倏然發現，當我老了，頭腦不靈了，寫詩還會是我的最愛嗎？大詩人像李白，作品雖然被永恆歌頌，可是作者沒有不死啊！如今我倒覺得何不在有生之年，用生活來寫詩呢？當我本身就是一首詩，就沒那個衝動和慾望去寫作了。用生命寫詩，讓我記得自己，而非文字，供他人吟詠。生活就是我的創作，那才是永恆的一首詩，個人的消失則無所謂了。』

我問朋友：『你用生活、生命寫詩，別人看不見，只有你自己知道，不會遺憾嗎？』

他說：『我的生活幹嘛要給別人看見？人生不是用來沽名釣譽的吧！』

他的意思是，我們只能用繪畫、用詩來表達自我嗎？只能透過某種媒介來表達自己嗎？這一生只是用來顯現某些苦痛和神會的經驗嗎？還是我本身就是一個完成，一個圓滿具足的存在？希望美若活到畫不動了，繪畫仍是妳最初也是最後的皈依，而妳本身就是美，美好的這一切。」

人生是一場遊戲三昧

山子在生活中希望尋求別人的肯定，因此不時流於失落和沮喪。她渴望重拾兒時天

馬行空的想像和創造力，目前從事的工作恰好符合她的理想圖像。

山子說：「我在教三到六歲的小朋友英文。這個工作做了三年多，因為沒辦法一直講話，每天大概只工作半天，所以賺錢不多。我希望與孩子們的互動是很新鮮的，如果早上排課，下午又來，就覺得沒有能量。與小朋友相處，像生活在另一個世界，可以用很多遊戲和他們玩……」

「大人的世界，妳也可以玩嗎？」陳老師問。

「沒有大人要和你玩那種無聊的遊戲！」聽到山子的驚呼，眾人大笑。

「對他們來講，根本玩不起來。我喜歡教三到六歲的小朋友，重點不在英文，而是過程。」

「我們不就在玩大人的遊戲嗎？玩『心靈成長』啊？哈哈！」

「我的工作是很在當下的。」山子強調著。

「那是妳要的，對不對？」

「對！我對語言的興趣沒那麼大，比較偏重在藝術教育的部分。」

「這個想法非常棒，我欣賞妳對工作的觀念。」陳老師贊同地說，「不過，從妳的表達，我發現妳是先想好再去經驗的，妳經驗妳想經驗的。妳絕對不會經歷一個妳不想經歷的，妳創造妳所有的經驗，有這樣的侷限喔！所以我才問妳：大人的世界，妳可以玩嗎？大人可以玩大人的遊戲啊！」

「大人玩的不會是遊戲，他們是認真的！」美若一臉嚴肅地說，她也認為不可能。

陳老師又祭出王牌來：「像奧修，妳們的師父，他認為遊戲的本質就是認真，包括感情、事業、生命、修行，都要玩得起來，玩不起來的都是虛假、騙人的。」

「差別在上課的時候，」山子分辯著，「我是沒有角色的。在大人的世界我需要……」

「我現在也沒有角色啊！人生是場遊戲三昧呀！」陳老師說。

「但是我沒有辦法遊戲，我就是那個角色，每件事情都變成這樣。」山子對自己的「沒有辦法」毫不遲疑。

陳老師再問：「好，妳已經看到這個問題了，那原因是什麼？」

「就是這個角色！」山子說。

「角色也是妳的概念啊！」陳老師模仿山子理所當然的口氣說，「為什麼只能和三到六歲的小朋友玩得很盡興，和大人就不行？因為有個面具、有個角色？那奧修的一生也在玩啊！玩大師與門徒的遊戲，玩出普那社區，他講笑話，底下的人都笑倒了。這不是遊戲嗎？難道奧修在台上、台下有不同的角色與面具嗎？」

「所以，」陳老師淘氣地聳一聳肩，「妳沒辦法經歷一個狀況之外的，這本身就是一種侷限、認定。妳說我這算是一個工作嗎？我當下是在生活還是工作呢？我們正在talking，還是觀照呢？妳知道這個意思嗎？所謂沒有能量、大人的世界無法這樣玩等等，這些設定要看清楚，看清楚不是要妳把它當成眼前的目標，而是擴大觀照的範圍，從已知中解脫……哎，等一下！讓我先上個廁所。」憋到不行的陳老師匆忙離座。

妳的自我搞不好就和妳的身高一樣高

現在枕頭傳給了身材高大的麗華，她說：「我原來對工作的概念是一個謀生的工具，一個表現自我的方式。我對工作求好、求完美，態度是嚴肅的，這是很大的壓力和負擔，我不容許工作有錯誤。我早先與人合夥開公司，後來倒了。又因為走入靜心這條路，就把工作辭掉，拿一筆錢出去散心。我也是奧修門徒，待在他的社區十年了，最近才回來台灣，準備工作。

這次回來，面對工作有很多方向，第一個是作生意，第二個是給個案。可是我好像被拉著走，不曉得去哪裡？我覺得跟人的關係，不單是工作而已，也是全方位的。我做了十年的心理治療，感覺到活著用ego、用自我去回應是沒有出路、很受傷的。我上過呼吸訓練、原始治療、唱歌、繪畫之類的課程，去分享個案我比較有興趣，這對我來講是全新的領域，我有點害怕去進行，懷疑它可以供應我的生活嗎？因此往前走的力量就退縮了，想從朋友那裡拿些珠寶來賣，至少馬上會有收入，我目前就在這個狀態裡。」

「妳剛剛提到工作是一種自我表現，」陳老師一邊說，一邊將額前的頭髮往後撥，「還到過奧修社區學習原始療法、呼吸療法等等，妳想給個案，對不對？」

「我的朋友很多，」麗華強調地說，「他們在生活中遇到問題會來找我，包括諮商或情緒引導，也算是個案的進行。」

麗華認為，不把它當工作的話，那個分享是很流暢、很easy的。

陳老師笑了：「一開始，妳誠實地講到ego的問題，妳分享什麼？妳分享的是自我啊！不管怎麼樣，妳還是會受傷，妳會希望那個個案是有效的。」

「有效的？」麗華不解。

「妳希望分享是成功的，對別人有用。」

「我倒沒有很care效果的部分。」

「可是……我直接講可以嗎？」陳老師調皮地側眼看著麗華。

「可以。」

「奧修分享的不是他的自我。」

「是他的being，他的存在。」麗華同意。

「是。任何療法都不能忽視治療師的存在，」老師直接地說，「但妳給出的是自我，像妳這麼焦慮，又敏感，那個窟窿會很大。」

「我眼前不單是工作的問題而已，還包括人際之間的互動……」

「妳很嚴肅、容易緊張。」

「容易緊張？」麗華其實有一肚子的話要說。

「妳希望事情是可控的。妳所謂的自我，講好聽是敏感，講難聽是控制。」

「控制？」

「就是主觀的意志很強，這是真正讓妳受傷的地方。妳在女孩子之中算高的，自我搞不好和妳的身高一樣高。」陳老師促狹地說。

「如果我的自我和身高一樣……」麗華對這個無厘頭的玩笑摸不著頭緒，遂跳到另一個議題，「我覺得ego大不大不是問題，而是在於……」

陳老師接著說：「在於它會從我們的經驗、感覺，肢體語言、表達裡面跳出來，妳自己會感受到，別人也會感受到。自我不是抽象的概念，講好聽是敏感，講難聽叫控制，講深一點是恐懼。自我是很強大的恐懼，它像開門就撞見一座山一樣，那麼大！別人要進來很困難，妳要出去也很困難。」

每一個人都可以指責我，因為我要成為一個好人

這種曲直不分的球路，麗華顯然初次碰到，不過她不氣餒，決定換個說法和老師討論下去。

「我會講自我，是上一堂課我們談到了容器，還有談到如何超越自我和其他的部分……」

陳老師聽了，並不接續「容器」的話題，卻說：「妳要先把家門口這一座山，那個叫自我、叫ego的山剷平，先把它移走，才能談到其他或自我之外的什麼。自我不先瓦解，自我之外的東西不會顯現。」

麗華再換個說法，以描述她想表達的「自我」其實是一種經驗的模式。

「比如說別人對我熱情，自我就覺得很舒服，別人拒絕我就很痛啊！」她說，彷彿痛苦仍在，「其實這是從小時候的經驗來的，小時候爸媽多給我們一點，就覺得自己是乖小孩；今天不理你，就覺得被冷落，自我就受傷了。之前的經驗一直延續到現在，你說葭菲是讀台大，高知識水平的人，狀態卻像個小女孩，這是模式的延續，我自己也是這樣。」

「妳都看到了，」陳老師問，緊迫盯人地，「接下來妳怎麼辦？」

「這一兩個禮拜的經驗，讓我覺得沒有出路，而且是痛的……」

「對不起，應該是有出路的，如果妳真的……」

不等老師講完，麗華滿臉不快地說：「如果單單用自我來反應，我覺得沒有出路。」

「妳剛剛提到自我形成的原因，」陳老師說，「如果妳那麼清楚，怎麼又對自我莫可奈何呢？除非這些是學來的觀念，不是來自妳的覺察。」

「對我來講，如果我去深入，是可以……」

「妳什麼時候深入？妳已經在奧修社區徜徉了十年，原始治療做了、呼吸治療做了，花了那麼多錢，回來卻告訴我說自我很大，給個案有問題，用自我回應別人很痛！」

「我沒說給個案有問題！」麗華抗議。

「妳說用自我去回應很痛！」陳老師說，「妳忘記這十年來在幹嘛？妳辭掉工作，去修行、遊歷，這段期間，直接講，自我應該消除、瓦解了。何況接觸過奧修，在普那社區做過那麼多的治療、宣洩、觀照，還頭頭是道自我怎麼被養成的，從妳的表達與學經歷，自我不該是問題了，不是嗎？」

「哈哈！好笑的是，那個自我是慢慢被允許長大的。」麗華笑著說。

「被誰？」陳老師問。

原來麗華之前的認定是，每一個人都可以來指責她，她都是錯的，因為她要成為一個人人稱好的好人，結果反而變成爛到谷底的好人。

「我沒辦法為我的生命負責，也沒辦法為我的工作負責，」麗華表情嚴肅，卻做出搔頭的滑稽動作，「於是就找很多藉口，那都是過程……對我來講，要成為一個好人，必須符合很多人的標準，這樣的生命是非常分裂、痛苦的。我覺得這十年沒有白過，我慢慢從依附，從要做個好孩子、好人，轉變成不需要那麼分裂，允許自己有一點點自我。」

「我同意妳這種講法，而且也必須這樣。」陳老師看著麗華一會兒，「如果眼下有學生六神無主，極度壓抑自我，我會先要求他做自己的主人。那個成長趨力是必要的。本來回應很多人的需求，太沒有自己是個問題，如今自我大到讓別人受不了，自己也會心痛。好，問題變成這樣了。然而，妳看奧修他不管怎麼抨擊美國、抨擊基督宗教，他設計各種療法，包括講黃色笑話，他做這一切不是用他的自我，而是用being在影響全世界啊！雖然他激烈抨擊，甚至倡言被美國政府下毒云云，但是心理上他沒有覺得痛苦，因為他沒有自我嘛！」

如果自我是被形成的，它就不該是家門口的一座大山

「妳可以做更進一步的轉化，」陳老師鼓勵麗華，「尤其回到現實社會時，這點必須好好去看！」

「我沒有辦法……」

「沒有自我地去回應一切嗎？」陳老師接著說。

「那一定是血淋淋的吧！」

陳老師笑著說：「相反的，會比較像我剛剛講的——遊戲。」

「你說要去看，這就像把你的頭切掉，不可能不痛的。」麗華痛苦地說。

「等一下，自我是真的嗎？」陳老師不由得喊停了，「妳不覺得奧修是在玩他的遊戲嗎？玩得世界上幾百萬人都相信他？這是可能的。從服膺別人，沒有自己，到自我形成，又回到世界，妳需要再進一步，瓦解自我，來回應這一切，妳要學習的是這個。」

「我不可能現在有自我，下一個片刻就把自我殺掉，用無我來回應世界呀！」麗華強調著，好像那是件「不可能的任務」。

「把妳的頭切掉，這怎麼可能？」老師瞪著麗華說，「然而，把自我殺掉？這怎麼不可能？我問妳，自我是不是從一個情緒、一個感覺、一種經驗或意志裡面顯現出來的？」

「沒錯！比如說有一個人他對你很粗魯、罵你，然後……」

「然後妳要去看的是什麼？」陳老師當下就麗華的假設反問，「從一個事件、情感、經驗或思想、意志來講自我的話，這個自我一定不永恆，它是被形成的，就像妳講的，人家罵妳，妳才會生氣啊！」

麗華沒好氣地說：「會啊！」

「妳不會無緣無故生氣，對不對？可見那個情緒、感覺、自我是被引發的，不是本來就存在的。只要它是被形成的，就不是實際存在，妳要從這邊切入，去體會無我，而不是把頭切掉，這怎麼可能？而且真叫妳切，妳也不敢啊！對不對？好，我們今天就講到這裡，妳的問題還很多，以後再討論。」

不料麗華不高興地說：「不行，還沒有講完！」

大家看高大的麗華流露出孩子氣的任性，不禁笑倒。

「問題是大家不能太晚回去啊！」陳老師哄著她說，「妳的自我不會因為我對你做一番分析就消除了，妳必須當下去看。妳從依附別人，沒有自己，到允許自己形成一個自我，妳要記得『自我是被形成的』這句話，這是妳講的。奧修不是用自我回應世界，他是用他的being。妳只要記得這個端倪就好了。」

「自我是被形成的？」麗華問。

「自我是被形成的！它不是原來就實際存在的東西。好吧！我來示範自我怎麼被形成的。」陳老師忽然轉頭對另一位學員說話，「白娃，我真的覺得妳滿不錯的！」

白娃有點受寵若驚，也十分高興，笑逐顏開地說：「謝謝，我覺得你也不錯啊！」

「瞧！聽見別人這樣講，心裡就有快感，自我就這樣形成了！」陳老師攤開手，「自我是一個經驗、思想、記憶，那妳懂了吧！把『心』傳出去！」

麗華大笑：「哈哈哈，我早就懂了！」

「早就懂了？那就不要講自我會讓妳心痛的話！」

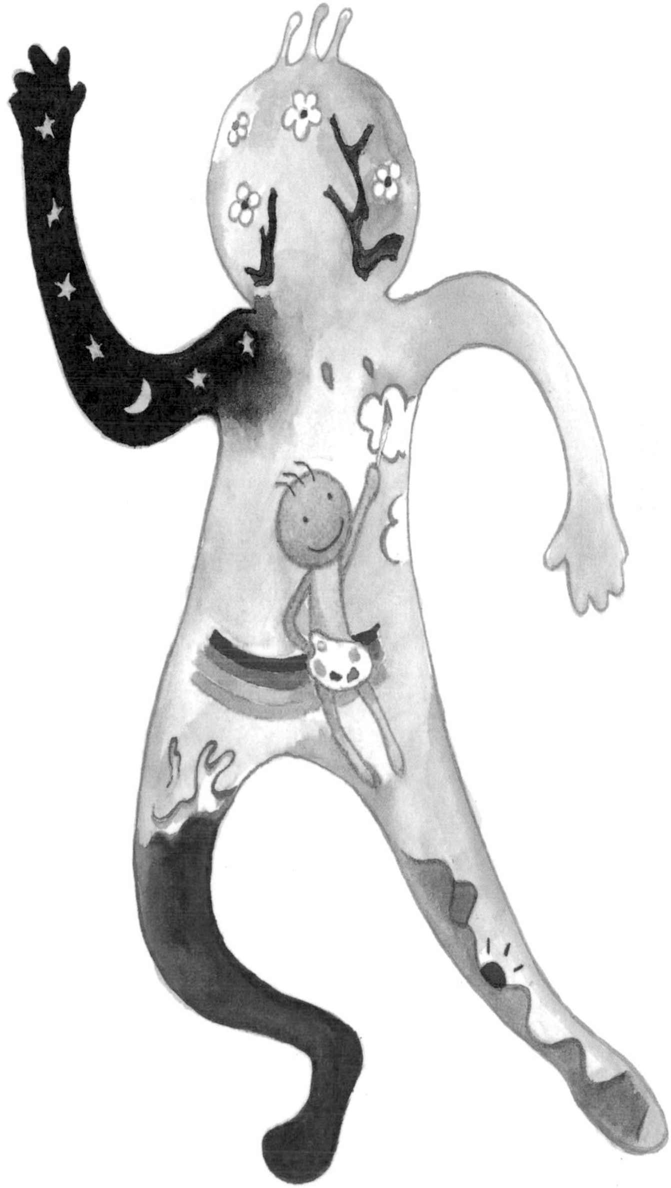

為什麼有成敗？在江湖裡面才有成敗

英代戲稱自己是在生活中團團轉的「好人」，為此吃了不少悶虧，她第一次來到人生禪上課時，就發願要向老師學習如何「不自欺」、「不欺人」也「不被人欺」。

「上團體課就有這麼大的收穫，看到別人就像照鏡子一樣……」英代謙虛地說。

老師馬上打斷她：「直接講妳的話，場面話不用講。」

「這不是場面話……」

「好！內心話，由衷而發的。」老師請英代繼續。

「這也是我最大的缺點，很容易去讚美別人。」她還在考慮別人。

「在這邊直接講妳的話，」陳老師再次提醒，「不用去讚美別人。」

「最近的工作真是滿愉快的，」英代說，「因為我已經放下很多東西。婚後，我先生叫我回去管理他家族公司的財務，我就把工作辭掉。」

「家族企業？」

「對，我到去年才發現一個非常大的漏洞。」英代的神情轉為凝重，「我先生和小叔是主要負責人，無論接業務、向廠商請款、收帳等等，我先生那部分我都盯得到，小叔的就沒辦法了。本來去年的營運算來應該可以過的，後來才發現小叔好多帳沒收。我就和公公稟報，公公卻說小叔不會做這種事情。我這個作媳婦的，只好把嘴巴閉起來。直到我把每個月的月報、貨款明細拿給公公看，他才發現事態嚴重。但是小叔和總務就跳出來說我在扯後腿，對我很不滿。那時，我很害怕先生會怪我破壞家族和諧，把我趕走！

經過一年半之後，其實也沒什麼。大家都知道怎麼一回事，就是沒人有勇氣去探究真相。小叔我當然動不了，我又不姓潘！於是我對這個公司不再有期望，只做份內的事。我現在只上半天班，覺得沒有必要待太久。」英代的聲調有些茫然，說完之後，便期待著陳老師的回答。

陳老師看著英代，「我們好像要嘛是最有聲音的人，否則就完全沒有聲音。可不要讓我一朝掌權，那時便號令天下！沒權的時候，就藏身山邊林下。為什麼炎黃子孫的性格是這樣？歷史的經驗是這樣？你們知道嗎？」

陳老師談到最根本的一個原因，就是我們常認同自己是某個集體、環境的一部分，女人認同的是家族、婚姻，男人則認同事業和野心。

「我們以為那裡面存在最大的利益，」老師說，「所謂成王敗寇。搶到的是王，搶不到就是叛賊；偷一個鍋子叫小偷，偷一個國家才叫王。我們永遠只能在這兩邊擺盪嗎？女人認同家庭，想像社會是存在的，而自己是不存在的，即使存在，也是依附於別人。

『我又不姓潘，只是人家的媳婦，怎麼辦得了小叔？』這是我們認同的江湖啊！江湖何其小小？江湖一點都不大，什麼『人在江湖，身不由己』，拜託！天下只有江湖嗎？人只能身在江湖嗎？男人只有工作，女人只有關係嗎？那不是很好笑嗎？一個人如何不在兩邊擺盪呢？放心，你不會因為不認同江湖，就沒有明天。當你知道人不只有身體、頭腦，還有靈性的層面，那是浩瀚、無限的，就不會只處在爭權奪利的層面。」

待老師說完，英代便笑道：「老師就是忍不住要講我……」

「我不只講妳。」陳老師認真地說，「為什麼有成敗？在江湖裡面才有成敗。武俠小說寫不完就因為大家都想當武林盟主嘛！和現實社會很像，宋楚瑜、連戰、陳水扁罵成一團，就因為想當王、當總統嘛！我們這一生拼到最後也不曾擁有，從古到今，那些王、那些寇到哪裡去了？江湖何在？生命難道只有這些，沒有頓超的出路嗎？」

「就因為找到生命的出路，我才不會把這件事當做一個……」英代說。

「如果這樣，」陳老師提醒英代，「妳就不會有被環境、被別人打倒的感覺，不會有那種自我放逐的情緒跑出來啦！重點不是妳有沒有把話講對，縱然把話講對了，這其中的痛心和憤怒都被忽視了。只有不會聽話的人，才會去相信人家表面講的話。

不管是成王的快感，還是敗寇的沮喪，那都在認同環境。一個人沒有找到自己、找到真相，是不會完整的，就永遠是互相牽制的一步棋。有時看你們很快樂，我就想問你們快樂從哪裡來的？你們都很當真，太當真，很容易就成王、敗寇。一個不當真的人，不會跟著環境跑來跑去，以為可以趨吉避凶，因為他在哪裡都很安穩啊！他是如實的存在，不是自我的幻相。」

以後的生命都是多出來的

與陳老師如影隨形的城光，一向「以師志為己志」，對他來講，以後的生命都是多出來的，他想用來推廣人生禪。

「我目前最想做的，」城光說，「是在全省每一個地方，用學舍的方式佈點，讓更多的人來上這個課程。還有出書，現在有很多朋友在幫忙錄音帶的整理。另外，希望從有聲書和廣播節目來讓更多的人知道。我們也正在台東找一塊土地，做為身心靈整合教育機構，類似奧修印度的普那社區；再來大家可以一起過著身心靈整合的生活，就像美國的伊莎蘭心靈社區那樣，這一生剩下來的日子，我最想朝這方面走。」

「把枕頭傳下去，」不理會城光，陳老師催促下一位繼續，「他這是工商服務、廣告時間。」眾人大笑。

輪到秋香發言，她認為工作帶給她正面的轉變：「我現在也是soho族，滿幸運的，是在雜誌社做旅遊採訪，我對未來沒有太多預設。以前個性很害羞，不知道怎麼與人相處，而採訪記者要同許多人接觸，這個工作使我開放很多。以前的同學看見我，都覺得我變化很大。雜誌界的主管大都是女性，我和女主管特別處不來，不知道為什麼？不是工作表現不好，人家就是不喜歡我。」

「因為妳看起來酷酷的嗎？」陳老師問。

「對！我不太會討好人。」

秋香提到曾經與主管起過很大的衝突，「經過那件事之後，現在我會據理力爭，應該溝通就去溝通，而不是逃避。高中時我在工廠打工，讓我印象深刻。我覺得人為什麼要過那種日子？記得那時做的是生產線，我每次都來不及，姊姊得跑過來幫我。」

「在那種環境，」秋香不解地說，「人與人很計較時間，比如休息幾分鐘都很計較。我覺得那個地方很可怕，然而這個階層的人卻那麼多，像我爸爸就是，他做了二、三十年。所以我覺得很幸運，目前這個工作挺適合我，雖然也會思考要不要繼續下去？」

「嗯，有些情緒，但沒什麼問題嘛！還在思索下一步當中。」

「是，謝謝！」

這時陳老師特別注視著一位學員，笑道：「要典正回答工作這個問題，是比較困難嘍！」

「現在的工作就是生活嘛！」典正自在地說，「我在油漆，可不是油漆工。最近，常進入思想的深處，出來會覺得很累、很低潮。睡三、四個小時，覺得昏昏沈沈，很緊張，有時會在休息中驚醒。我會很多工作，可以油漆、整理錄音帶啊！我可以幫人家排憂解勞，也可以處理自己的困擾。成功對我好像很容易，也很難，似乎沒有什麼工作是我沒做過的。」

老師向大家介紹：「他是典正，如果你們要知道他的歷史，請看之前的課程實錄。他什麼事都做過，成功過，也失敗過。他不是在思索下一步要怎麼走？而是在思索還要過那種『有為』的人生嗎？搞不好最後還是讓命運來決定，人什麼都不決定也是一種決定。」

「什麼叫『無為』的人生？」麗華問。

「being啊！」陳老師看著麗華，「不是ego的人生。人要成長、要成功、要人家尊重，做許多事吸引別人的注意力，那就是ego，這是我所說的『有為』的人生。在時、空現象裡面，為了生存，那就是『有為』。

對典正而言，那些都玩了二、三十年，歷經種種變化，讓他來到人生歸零的點，他要不要順入或者說體現『無為』的人生、空的人生、being的人生呢？不是一味doing的人生。他在思考這件事情。」

工作還是會出錯啊！覺得錯就面對嘛！

陳老師注意到一個纖弱的身影，「小雪，妳呢？工作還好嗎？」

小雪滿臉不好意思地說：「先向老師道個歉，對不起喔！砸了你的招牌。最近碰到老闆在罵一個人，怪他在外面一點競爭力都沒有，老闆那時候在氣頭上，我當然不可能去附和，就陪笑說：『其實那個人也不錯啊！』沒想到老闆氣得不得了，罵我：『妳學的什麼人生禪啊！連這個好歹也看不出來？』」

「嗯，這是一目了然的功夫。」陳老師的話引得大家笑了一場。

「我心裡想，」小雪無辜地說，「人生禪又不是教我罵人、殺人，除非工作被逼到狗急跳牆。不過我沒敢再搭話了。

我的工作比起前兩個月好很多。我的老闆也是我的學姐，她在剛創業時聘雇我，那時財務有點困難，也沒有什麼事情派我做。我就對學姐說我可以去找別的工作，她卻安撫我：『不會啦，妳來不會沒事做啦！』從那次之後，她有什麼話都會和我說，就比較好溝通了。最近我注意到，我們很努力從別人那裡賺一筆錢，用來付給別人，而別人也是從別人那裡，很努力的找錢來付給我們。」性急的小雪，把話一口氣說完。

「是啊！」老師大表贊同，「妳不覺得企業或公司就是這個意思？在台灣百分之八十以上的公司都是這樣。」

「這樣才能夠支撐整個社會的經濟活動。」小雪說。

「台灣的中小企業很多是這樣起步的，沒有人是有錢在做生意的，都是沒錢的人在當『頭家』（台語，老闆），不然怎麼會有台灣的經濟奇蹟呢？」

「權位愈高的人，」小雪繼續說，「要承認他有某些錯誤愈難。問題是愈不承認，錯誤愈大！」

老師笑著說：「所以妳想叫扁、連、宋三巨頭來學人生禪嗎？大家等著瞧，總統大選會不會是一加一大於二呢？如若不然，阿扁將能夠跨過這個板塊，那會是台灣的另一次政治奇蹟。不過，政治奇蹟之後，是需要政治智慧的。」

「我發現我的生活中分兩批人，一批是上人生禪的，一批是沒上的。」

「這會造成妳的困擾嗎？」

「不會，不過有上的人，容易溝通一點。」

「應該是。」

「遇到一些狀況，」小雪說，「我會聯想到人生禪的同伴如何處理？我最近在工作上比較少左右為難，很快就抓到重點。」

「從妳的眉宇之間看得出來，眼睛比較亮、比較黑。」

「比較醒過來了！」小雪開心地說。

「好，開始能當個自由人了。」陳老師望望英代，又看看小郭說：「英代！在家也當個自由人，不要依附就對了。眉目清楚，沒有愛恨情仇，妳就為所當為，行所當行，這是人生禪的精神，明白嗎？小郭！」

「我在工作上還是會出錯啊！」小雪坦然地說，「覺得錯就面對嘛！以前出錯會難受滿久的，現在一下子就沒事了，就是接受被罵，然後面對，隱藏反而更麻煩。」

「妳這樣講，我比較安心了。妳還在做『走在念頭之前』的練習嗎？」
「有啊！可是不知道對還是錯！」
「我們什麼時候還有工作坊？」老師轉頭問城光。
「四月底。」城光回答。
「好！那時才來探究『人可不可能走在念頭之前？』」

妳逃，妳逃，妳逃逃逃逃！

「國家公務員，妳在花我們的錢呢！」陳老師看著優雅的古荔，嘲弄地說。
「我也付出我的時間呀！」
「那妳有沒有對不起我們納稅人啊？哈哈！」
大家笑完，古荔便說：「我這個工作已經七年了。之前是在地政事務所，直接面對民眾，在那段時間，我學到與人互動和專業的素養。在那裡我很快樂，專業領域可以駕輕就熟，平時處理事情時，需要花一些時間和民眾溝通，碰到一些地政難題也可以坐下來討論，找到一些共識、條文去解決，這部分給我很大的成就感。」
當工作滿六年之後，古荔決定離開，她的理由是：「我的這些專業已經變成固定反應了，我沒辦法再去同理別人的立場，其次那時候碰到兩三個案子，是永遠都解決不了的，它就是一直重複，那種感覺很煩，我急著擺脫那種感覺。第三個是當承辦人的時候，如果主管認為有問題還可以討論，再把公文送出去。換我當組長的時候，我的要求比較多，尤其承辦人裡面，很多是我當初入行的師父，發生衝突也會讓我很不快樂。我便趁現在這個工作機會跳出來了，好笑的是做了六、七年以後，當初逃避的問題又發生了，我一樣沒辦法解決。」

「為什麼會重複發生一個問題，無法解決呢？」陳老師問。

「因為牽涉到當事人的利益，沒有人願意對面自己的癥結。對我來講很無奈，我又有想逃的念頭。然而又想，萬一換工作又遇到同樣的問題，那可怎麼辦？只好硬著頭皮留下來。去年是我工作生涯最辛苦的一年，我突然喪失了工作動力……好吧！算是浪費納稅人的錢。那時剛好碰到業務萎縮，很多工作就慢慢停頓，我大半的時間就坐在那邊，主管在旁邊跑來跑去，同事也在忙其他的事情，可是我根本沒有動力工作，不知道怎麼自處才好，很心虛。甚至有一次早上開車進入地下室，車門關了以後，突然覺得好想吐喔！去年真是很沮喪的一年。」

幸好如今有新的業務進來，原來停滯的業務，也漸漸找到解決的線索，這讓古荔比較有動力繼續工作。她說：「去年我幾乎沒有任何規劃，過完年這一段時間，我一直在反省是什麼地方出了狀況，我盡量在補，希望這一年不要再浪費納稅人的錢了。」聽到古荔還能自我解嘲，大家也輕鬆地笑開來。

「以上是扁政府公務員的心聲。」老師打趣地說，「剛剛古荔談到工作的時候，我有一種感覺，一個問題能不能解決，常和在問題裡面那個人的心境、價值觀，和他有沒有突破自己的勇氣有關。很多事情做不了，很多法令不能改，是因為其中有當事人的利益，這個要怎麼改？你說台灣需要小而美的政府，那麼各部會就要精簡，各部會首長的利益也得重整，哪幾個部會願意這樣做呀？像立法院那些委員們，會修法把立法委員減半嗎？這樣可以省下幾十億的支出呀！但是牽涉到自己的利益，怎麼動得了？

如果有人願意放棄自己的利益，也就是ego的時候，事情才會得到解決，新鮮的空氣會進來。就像英代不要把自己掛在別人身上，做她自己，就是個有創造力、有行動的自由人了。別忘了問題是死的，人是活的，只要我們對自己和別人的苦難有所警覺，而且知道一切都在變化當中，那麼放棄意識型態、自我中心和感情因素，並非不可能！小郭，這是我想對你講的話。」

漸入佳境的工作與生活

「自從我們公司倒了……」歐瑪一開口就引來一陣笑聲。

歐瑪提到她以前的工作內容多半得照既定程序操作，即使不方便、不完美，一旦調整的層面牽動到上級，便沒有商量的餘地，到後來只要事情做得出來、看得見就好了，沒什麼個人發揮的空間。

現在整理『工作無懼，關係有愛』的隨堂記錄是她主要的工作。她說：「在人生禪裡，我的角色不只是整理文字，也是個學生，與一群人互相學習。我對文字一直有份熱愛和敏感，很高興有機會加以磨練，這份工作也貼近我的本質，我很喜歡，做起來也算得心應手。」

另外，歐瑪也定期帶領一個家族系統排列的成長團體，因為它有一些報酬，可以算是一個工作。她認為這個工作特別之處在於：

「我必須有一些創造力才能勝任。以往在上課前，我都會緊張，而且要做一些準備，現在不需要了。我能夠信任自己，直接進入現場觀察，不管來的人是誰，或者發生了什麼事，我會試著把握這些元素，即興設計出適切的活動或情境來。我對人生有一種漸入佳境的感覺，以前這些事情是閒時才能從事的興趣，如今卻落實在工作和關係上，還可以和其他人一起經驗，我很滿意。我對自己只有一點要求，就是在現有的基礎上，不管是文字還是帶領活動，我還可以有更多的風貌，可以更延伸，讓更多的人知道。」

競爭。

陳老師認為能把興趣變成工作，變成生活、生命，那就是一種分享，不是在和別人競爭。

「早先它是一個夢想，偶而想一想，有一天它真的發生在生命當中。當然，歐瑪有她努力的過程，她沒有講出來。各位藉由今晚的討論，可以去檢視自己的生活和工作是否相輔相成？希望有一天，你們深藏在內心的興趣，也能變成工作的形式，這是人生最快樂的事。不是競爭，而是分享生命的經驗；不是用ego在指揮，讓自己也讓別人受傷，這會是很美，很落實的，這也是人生禪宣揚的理念——把修行與工作、生活結合。人生是禪，禪是人生，人生走到底，不一定只有死亡的恐懼，而是解脫自在，這是可能的。」

「現在幾點了？」陳老師忽然問。

「十點二十了。」有人說。

「好了，」老師擊掌說，「太晚下課會讓你們沒車子坐，我們十點半下課，剩下十分鐘，你們要聊天就聊天，要上廁所就上廁所，要走人就走人，謝謝各位！」

我們也謝謝老師。大概老師的腰痛，老早就在提醒他該下課了。

人生旅途中
那第一次的直觀與專注……

陳建宇講述／曾詠蓁整理／吳舜雯定稿

因果
是人類自由的永恆主張……
我們的思想、
我們的言辭、
我們的行為，
就是把我們自己網起來的
那張網的網絲。
——斯瓦米．維偉卡南達

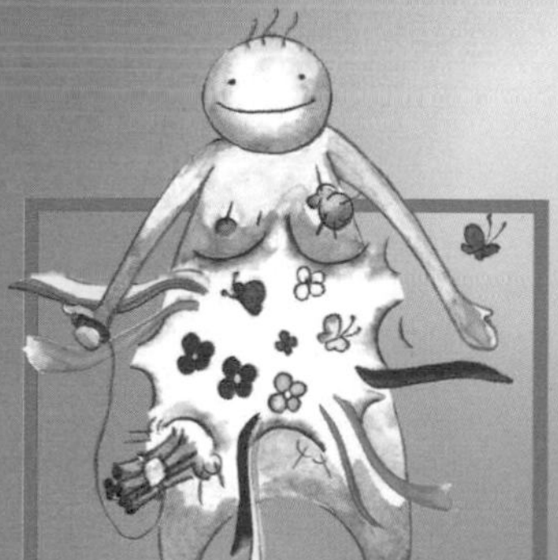

初次聽見『人生禪觀注受覺療法』

今晚，師資班僅丘胥、肯、丹丹、澤民、城光和歐瑪等六位學員到場，其他人不巧有事請假。陳老師一到學舍，就迫不及待催促大家就位，他要開始上課了。

老師手上拿了幾張紙片，有時低頭翻看一下，忽而又抬起頭來思索著，嘴裡唸唸有詞。

看到老師這麼謹嚴，大夥兒趕緊找到蒲團坐好。

老師忽然發現古荔缺席，便說：「我今天講的課，你們要找時間教她！」

「這個師資班將要進入另一個階段，」老師正式得有點反常，「以前教你們的二百多式『易筋洗髓功』，還是要繼續練，這個功法的最後幾式和心訣，我再找時間教你們。現在學舍『工作無懼，關係有愛』的課程，對學員們問題的釐清，已告一段落了。這兩個月來，我構思了一個方法，融合了前人的發明，也做了適當的改良，當然目的也不同了。」

老師談到指導人生禪這十餘年來，對於他真正想要傳達的生命之道，學員經常沒有反應，因為人們習於對認知範圍之外的事不作反應。於是老師試著踩我們的痛腳，希望這種刺激能讓我們醒過來，然而往往招來的是有意無意的抗拒與退縮。

「我與各位之間，一直存在這種斷層的現象。所以我轉而考慮，設計一系列能夠整合身心靈的方法，可以由當下的身心狀態入手，進行一系列生物與心智能量的清理與整合，讓各位體會到一種新鮮、清晰的直觀與專注，也領會到那人生之旅中永恒的第一次，直到自覺自發地成為一個完整的人——『全人』——有著整合的身心靈，全然的人生，與自由的生命。」

然而，身心靈要怎麼整合呢？陳老師融合了一個從身體下手的方法，叫做「人生禪觀注受覺療法」。他也給這方法做了詳細的解釋。

直觀與專注

在這個「觀注受覺」的方法中，關注的重點是身體。

身體含攝著生命成長的各種痕跡，包括空氣、季節的遞變、疾病，或者關係與工作……，還有其中的種種受覺，我們都要試著去領納它們。身體不止是一個生活的容器，也是一個反應的過程。我們將從身體與受覺之間的斷層入手，希望透過直觀與專注，來彌合這個巨大的斷層，甚至讓受覺有所轉化，以取得身心靈的和諧。

「觀」是觀察、直觀；「注」是一心、專注。這個方法既然叫「觀注受覺療法」，簡單地說，就是既直觀又專注。若有一個對象、外緣物讓你去攝心，讓你的精神或心可以統一，這就是專注。觀，是直觀、觀察，它不一定有什麼特定對象，而是就生活中發生的任何事物，及其知覺上的反應來進行觀察，而且是無揀擇，沒有目的的觀察。

專注屬於「定」，觀察屬於「慧」。在生活裡面，我們就在一切的發生與認知當中，我們無法選擇只要某一種覺知。譬如現在外面有一個車聲過來了，某種情緒、念頭或影像就會從我們的腦海中跑出來。這些內外的活動一直都在，只不過你不是鎖定一個對象說：「我要利用它來禪定」。其實只要不著迷了，我們便會發現，覺知的活動是一直在進行的，這便是「觀」的特性。而專注就是在一個特定物上面，進行一種方法、訓練、一種精神上的集中，當這種攝心達到某種特殊的效果時，便叫做禪定。

當你對一切都「認知到」、「感知到」了，而不認同、不著迷，那就是觀；當你鎖定一個特定對象，讓心念、精神集中，可以在一個特定對象上沈澱下來，這就是一心、專注。所以這「觀注受覺」，就是既直觀又專注，你也可以說它是主動的專注，被動的直觀，或者專注的主觀，直觀的客觀。

覺受與受覺的差別

「受覺」就是被你所疏忽、壓抑的生活感覺或生命認知。在我的定義中，覺受是比較清楚地去認知某種感受，通過某種信念、信仰，以達到某種狀況、經驗，這是「覺受」。

我這個方法叫做「人生禪觀注受覺療法」，是受覺而不是覺受。因為「覺受」是經由某種修練而來，有一個很清楚的經驗，或者說是在念念分明中發生的一切。而「受覺」不是那麼清楚，它來自一個忙碌生活中身心的整體渾沌與潛抑。

身體一直在承受生活中變化的一切，這些變化有時我們不是那麼喜歡，或者根本忽略它，因為我們太忙，太目標取向了。就像身體會生老病死，但我們的意志是「我不要、不喜歡這樣」，也就是說頭腦的世界未必反應著我們身體的內容，這裡面甚至有一種不對等，我們受頭腦邏輯的影響很深，以致於經常失去了身體的感覺及其實相。

定慧等持、止觀雙運新解

六祖慧能講「定慧等持」，天臺智者大師講「止觀雙運」，就是對生活中所有的內容、反應，不管是來自於身心、內外，都覺知、認知到它的發生了；亦即不限於禪坐，在行住坐臥當中皆有體會，這個認知活動，也就是覺知「者」一直是在的。而這個覺知「者」的在，我們並不染著它，執著於它。

若是在一種精神不集中的狀態下認知反應，或者如現代人急功近利，目標取向地活著，如果只是這樣心外逐物，是無法觀出什麼的，或者說是覺知者不在，未曾有「定」，何曾有「觀」。因為我們的頭腦很紊亂，有很多慾望，我們在這些認知活動裡沒有主體的，或者說不曾有過清晰的意志，只有欲望的擴散，所以一開始我們必須加上專注，也就是「定」、「止」這一項。對欲望、頭腦喊「停」，以一念止萬念，先專注於一物上。然後通過一些步驟來統合我們的身心，起「慧」、起「觀」，以便在生活的受覺上定慧等持、止觀雙運。有時，這兩者是互為因果的，也不好說誰先誰後。

「觀注受覺療法」一共有九個步驟，以英文字母A~H來標示。現代人很需要運動，所以A步驟是從動作與心象的連結開始，這就是「體現心象」。

「體現心象」其實是身心合一、因果同時的。因為現代人都是身心衝突、內外分裂的，可能無法理解這一句話。沒關係，我先給你A步驟，看起來是最前面的，其實是把最後一個給你。方便地說，這也是一種倒果為因的作法。方便地說，就是應用到心物一元論。透過「體現心象」，身體就能揭發某種覺知，也就是透過某種活動去try你的心象，慢慢才能觀注到受覺裡面去。最終，是要達到身體即活動，活動即覺知的事實。究竟而言，是生活即意識，意識即生活。這才是生命的實相。

「體現心象」有八個指令，我手上的紙片待會兒會傳給大家，請從中選擇一個意象作為開始。你有三個方式來選擇：第一個，請問你的右手、你的理性、頭腦想選擇什麼意象？第二，請問你的左手、你的心或感性想選擇什麼意象？第三，讓未知來決定，這是一個機率問題，讓未知來安排。

意象經過你的選擇及認知後，會變成你的心象，請你透過身體的動作來演出，來觀察內心有什麼庫藏、壓抑或隱藏？或者有什麼經驗、記憶和創傷？

我不給音樂，不叫你控制呼吸，而是給出意象，讓你感受身體的自然律動，讓你的身體去經歷它。

首先請各位信任身體，把注意力放在身體的動作上，慢慢地，去掃瞄、意識到動作與心象之間牽動的受覺。或者說是觀察而又專注地演出這個心象，去揭發內心的庫藏。由動到靜，靜而復動，慢慢讓受覺、讓身體受困的智慧去運行、去宣洩，不管這些是慾望、創傷、快感也好，在這當中洞見真相，至少讓覺知者在——觀。

指令一：清點內心的庫藏

清點內心的庫藏，尤其是那些煩惱或困擾的堆積物，以使你有個自己的空間，可以放鬆地呼吸，自由地移動。

在生活中，我們有很多的慾望和恐懼，整個社會的主流價值牽制著我們，讓我們忙碌不已。日積月累，我們內在的空間，堆積了很多不知道自己喜不喜歡，卻又不能不要的東西。

我們經常不知道自己要什麼，喜歡的不敢去拿，不喜歡的又無法拒絕，內心被塞得滿滿的。我們的運作已經很不良，可是又沒有能力去做任何處理。這也是為什麼在這個

「體現心象」的練習中，第一個指令便是「清理內心的庫藏」。如果你選擇了這個指令，就請透過這個意象，藉由身體和動作來演出你內在的心象。

透過身體的動作，去感知身體上被壓迫、被毀損的感覺，或者是野心、挫折感，你的一切一切，就像在清理一個房間。不要求你馬上清理完，因為堆積的東西可能太多了。只要清理出一個空間，可以坐下來，放鬆、自由地呼吸，可以感覺到自己就行了。

練習之後，靜靜地坐下來，讓身體自動去處理身上那些受覺，那些既模糊又整體，你不曉得如何描述的受覺。

指令二：用身體交待遠行前的牽掛

當你要到遠方旅行之前，對於一直牽掛卻無法處理的事情，請你用身體依次交待或加以順延，以便你能開始一趟平靜、解放的心靈之旅。

要去旅行前，是不是有一些行前工作要做？除了打包行李以外，也許要順延或交待一些事項，才能請假。如果沒有這樣的動作，我們會很焦慮，旅行時也會不舒服、不愉快。所以請把這個經驗帶進去，用你的身體，而不是頭腦的想像，用具體的行動「交待或順延」抽象的牽掛，一樣一樣地交待或完成旅行前必須完成的動作，那些無法處理的事情不求馬上解決，這時你的內心才不會焦慮，不會譴責自己說：「公司那麼需要我，而且經濟不景氣……怎麼這時候要去旅行呢？」

所以，對於一直牽掛卻無法處理的事情，要你採用到遠方旅行的意象，這是一種坐困愁城的抽離，但沒要你逃避，拿到這個指令的人，請你有意識地，用你的身體演出旅行前必須完成的動作，然後「開始一趟平靜、解放的心靈之旅」。這需要相當的想像，如果你曾有過這樣的旅行，請把這個經驗找回來，否則請你大膽的想像、創造，以便進行前後的對比，天堂與地獄的對比。

指令三：SPA在身、心、靈的世界裡

允許自己「徜徉」在身、心、靈的世界裡，SPA一下，不管別人的譴責，也沒有一己的罪惡感。

有些人的身體很容易感受到喜悅，在他的心中，可能沒有那麼多的堆積物或那麼大的苦難，所以他的身體很容易快樂起來。但是這種喜悅好像會影響到別人，因而讓他有罪惡感。他會想到，我的家人也沒有這麼快樂，我怎麼可以如此高興呢？他的家人會說：「別人都沒有這樣，你怎麼可以？」因此身心的悅樂會讓他有罪惡感，並且譴責自

己。請選擇這個意象的人，就讓自己充分的SPA一下吧！沒有譴責、沒有罪惡感，就是要SPA一下，不管是身體層面的「動」，或心智層面的「想」，進而靈性層面的「在」，都徜徉在三溫暖裡。

指令四：不要被煩惱或困擾淹沒了

不要被你的「煩惱或困擾」淹沒了，不要成為衝突的一部分，退後幾步看它，找出你和它的適當「節奏或韻律」。

不管你的問題是什麼，是和老婆處不好？性無能？或是只要和誰在一起，就會有糾紛……總之，不要被你的問題淹沒，不要成為問題的一部分，退後幾步觀察、感受你的問題。透過動作，找出你與它的適當距離。

指令五：卸下肩膀上的重擔

「卸下」你肩膀上的重擔，一件一件地把它卸下來，逐一檢視，擱到一旁去。

人可能有很多的煩惱、壓力或問題，請你像布袋和尚一樣，一件件把它們卸下。透過動作，一樣一樣地檢視你感受到的那些陰影、不快樂，和別人對你的譴責。就像從布袋裡拿出那些「寶」一樣，一一地看，然後把它們放在一邊。透過動作，把這個意象呈現出來。

指令六：身體不是苦難或創傷的『貞節牌坊』

身體不是你苦難或創傷的「貞節牌坊」，請你遠離它，再觀賞它，並遊歷它。

這個指令是為一些對身體比較沒有意識、沒有覺知，或是很僵硬、緊張的人所設計的。這些人的身體，承受了很多傷害，承載著過多慾望、野心、或是來自情愛錢財的挫敗，因而變得很緊繃，甚至不敢去碰觸自己的身體，於是身體就變成苦難的貞節牌坊，動彈不得。

貞節牌坊就是有些女人死了老公，一輩子不改嫁，過著紀律的生活，只為了一個道德的形象，後來的人為她建立一個貞節牌坊，以紀念她的婦德。有時候，我們就是如此對待自己的苦難和痛苦，一座貞節牌坊。日積月累，身體也就成了「承受」苦難和痛苦的貞節牌坊。現在藉這個指令，請你遠離它。身體要「遠離」苦難和痛苦的貞節牌坊，甚至「你」要有意識地遠離身體的貞節牌坊，敢讓身體動起來，而不是動彈不得的「承受」。這當中會有「身體與苦痛心象」之間的動力牽引，請讓它出來，再觀賞它，並遊歷它。

所謂遠離並不是叫你逃開，不要這個身體，不要這些苦難，甚至追求某種靈魂出竅的可能，不是這樣。遠離是指不認同身體或心智上的苦難，以致身體被那麼大的負荷壓垮。請你遠離這個貞節牌坊，抽離出來，在旁邊觀察，看看這個苦難是怎麼形成的？遠離，然後觀賞。記得要有動作出來，並遊歷它，再感受它一次。請從身體這個意象開始，感受其中的苦難或創傷……。

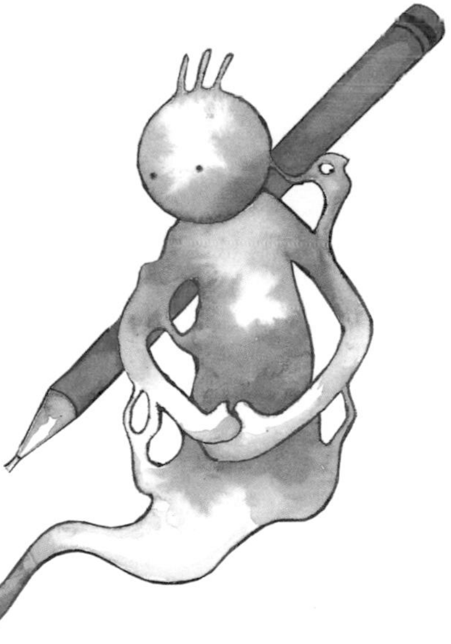

指令七：相信你的身體

相信你的身體，所有不好或不舒服的感受，都是它在調節、恢復和諧與自然狀態的一種動作。

你的身體有它自然的智慧，它本來就存在一種奇妙的平衡。無論身體有任何不好、不舒服的感受，或是內心陰暗的部分，你都要相信它，相信這些都是它恢復自然、完美狀態的過程。所以請你透過任何的動作，把你對身體的信賴、信任表達出來，不管身體有任何感覺，就依這樣的信念去動，去演，去舞。

在這些動作裡面，心象會隨之出現，會有很多東西呈現出來，這時候利根的你可以直觀與專注。你可以在心象上的每一個當下專注與直觀……專注於它的生滅來去，直觀它的本來空無；反之，是直觀於它的生滅來去，專注於它的本來空無。一般人則可以對承載在身體裡面那些被忽視、模糊的反應，進行一種直觀，像孕婦一樣，相信那是在調節、恢復和諧的一種自然的動作。有時，在一種動靜合宜的當下，你會彷彿來到「天人合一」的境界。

指令八：就當下的心象起舞

就當下你的心象起舞吧！穿透它！認識它！

如果你選擇了這個指令，就請用你當下的心象去運作，這就是投入未知。我不給你任何意象，就請依當下自個兒的感覺來動作，然後去穿透它，認識它。如果你覺得沒有任何心象，就請你直接起舞吧！接下來，就全有了，因為你動了！你們在經歷了先前七個指令以後，就可以從當下的心象去活動，從動作當中去觀察，去專注。

當你時常運作這個方法，就會發現你可以接受各種隨機的安排，各種指令。這時，也代表你的身體是容易覺知了，是在一種直觀又專注，定慧等持的狀態下。透過這樣的練習，你的身體有任何受覺，都會得到完整的呈現，受覺會轉化成明晰的訊息，最後達到身心靈整合的全人目標。

透過身體，演化意象

文字不同，它的意象就不同，在身心上造成的反應也不同。例如被問題淹沒，你感受到的可能是大海的意象。而貞節牌坊的意象是很厚重的，很多東西由身體所承載，動彈不了，其中有身體的制約與認同。這與被問題淹沒、不小心成為問題的一部分，是輕重有別的。

重要的是每個意象，只要你吸收、認知了，它就變成心象，請你透過身體去完成它、實踐它。在這個活動當中，你要培養出既直觀又專注的能力，就是我所謂的定慧等持。「體現心象」做完之後，我會請各位靜坐下來休息。All right！開始吧！

旅途早就開始了，我還在準備

經過半小時的「體現心象」，我們回到現實中，各自帶著內心的感受，與陳老師互相激盪。

丘胥以左手選擇了第二個指令：當你要到遠方旅行之前，對於一直牽掛卻無法處理的事情，請你用身體依次交待或加以順延，以便你能開始一趟平靜、解放的心靈之旅。

一開始丘胥覺得上半身比較有壓力，想把它卸下來，所以他開始轉動上半身，讓它鬆下來。做到中間的時候，他感到放鬆了，於是盤腿坐下。

他談到最後階段的心情：「當我在卸除那些壓力時，突然間覺得，旅途早就開始了，我卻還在準備著什麼！然後我就穩定下來坐著，鼻間聞到一陣陣的花香，覺得什麼都聽得到，很清楚，那時沒有特別的情緒，就這樣坐到最後。」

「這當中沒有任何制約嗎？或者受窘、侷限、緊縮自己？有沒有這種現象？」陳老師問。

「至少我沒有看到。當我聽到別人一直哀嚎時，心裡也會想著：『怎麼我都不想叫呢？』我有看到這個。但是我沒有任何想叫的念頭，所以還是繼續坐著。」

「是否有一點覺得『叫』不好，而不想叫？」陳老師繼續試探。

「沒有，我覺得應該不是那樣。」

「那你覺得這個過程中，指令的意象一直在嗎？還是後來又去經歷別的？」

「一開始是在的，後來做到一半就沒有了。」

「有沒有任何聲音、意象出現？」

「我不知道要完成什麼？只是就這個意象去完成它想出來的東西。我想它應該是在try的過程。」

「那麼要你去完成這個意象或心象，有沒有困難？會不會try得不滿意、有批判？」

丘胥搖頭，「沒有。」

陳老師惋惜地說：「你的焦點比較在於卸下上半身的壓力，之後就一直坐著不動。看來你對自己一直牽掛的，卻無法處理的事情——你的人生，你是不碰的，或者偶而才『想』去碰一下……我甚至懷疑你也不敢真的到遠方旅行。要注意哦！丘胥，不要讓你的人生一直是無法處理的。」

認清的習性，冷靜的焦點

丹丹選的是第七個指令：相信你的身體，所有不好或不舒服的感受，都是它在調節、恢復和諧與自然狀態的一種動作。

剛開始丹丹的身體不斷扭曲，他形容自己會習慣性地聚起來，也就是在意識上有一個部分會凝聚起來要觀看什麼，但他提醒自己要回到身體，信任自己的身體，所以就把聚起來觀看的那個動機放下，很奇異的，那部分就融化掉了。

丹丹形容那種狀態：「這個過程一直發生，好像來到一個地方，我突然醒過來。當我發現自己又要聚起來看，便把它放掉，再回到身體。後來我就不看了，讓身體一些無意識的東西跑出來，而且還趴到地上，讓胸口接觸到地板，開始哭泣、抽動。哭的時候，想要抽離出來『觀看』的習性又出來了，習慣性地要去看清楚什麼。我一發現這種念頭出現，就再提醒自己要信任身體，把這些反應都當作一個過程，放鬆地去接納它，而不是想要把它看清楚。」

丹丹覺得這樣的練習，對自己的幫助很大，因為發現那個一直在內在聚焦的東西，開始融化到身體裡面了。

「那個想要聚焦起來認清所有事物的習性，雖然可以看清楚某些細微處，不過當它變成一個冷靜的焦點時，就會過濾掉很多東西，還會有很多應不應該的批判跑出來。我從『體現心象』發現這種慣性時，就決定聽從身體的，把它放掉！」

「在聽從身體的過程中，」陳老師問，「有沒有某些動作讓你覺得意外或從來沒有做過的？或者你發現某些動作與無意識的機轉是有關連的？」

「我沒有去看，如果去看，就不信任身體了。」

「這過程中有不舒服的感受嗎？」

「我想它既然是過程，就不會覺得不舒服。」

「剛才你趴在地上哀嚎，你覺得哀傷嗎？」

「我沒有哀傷的情緒，也沒有流眼淚，聲音是從腹部出來的。我聚起來看的時候，覺得自己在哭；但是融化進去時，並不覺得在哭，好像只是發出聲音，我也說不清楚那是什麼狀況？」

「在這個過程中，你是知道的，還是無意識呢？」

「並不是完全不知道，卻也不是清楚。按我原來的習慣，就會很清楚地去看它，判斷它到底是怎麼了？」

「你認為這對你身心的哪一部分是有幫助的？」

「我覺得是放掉那個要看清楚的部分。」

陳老師下了一個註解：「好像那個要看清楚什麼，是你常常會執著的。所以這種趴在地上，不去看，放鬆地相信身體的過程，你覺得對你是很好的經驗嘍！」

丹丹察覺到自己慣用的「聚焦——認清」當中，有著不信任的成分，好像在害怕什麼。

「這一次我允許身體自發的流露，不去阻止，當那些東西一出來，感覺上有些能量就被抽走，又好像有些部分被關掉了，接著我發現更多無意識、深層的東西會跑出來。」

最後，丹丹點出自己為什麼選擇第七個指令：「那不是我頭腦想選的，而是我內心的選擇。」

站在大太陽底下

澤民以左手選擇第一個指令：清點內心的庫藏，尤其是那些煩惱或困擾的堆積物，以便你有個自己的空間，可以放鬆地呼吸，自由地移動。

澤民覺得自己爆發力不足，想做事，又常會偷懶一下，所以他在跳舞時，就讓自己的胸部往前挺，然後伸展整個身體，尤其上半身、脖子和手，所有能伸展的部分，都盡量讓它們伸展，等上半身完畢之後，就蹲下來，再動一動。

他描述其間的過程：「我在動的時候，心中有一種喜悅，覺得自己像一個舞者在跳著舞。然後我看到角落的燈光，我很喜歡這明亮的光線，便靠近它，好像自己站在舞台上。在這過程中，我發現以前習慣把自己隱藏起來，現在站在燈光下，並沒有明星驕傲的那種感覺，而是覺得該站出來時，我就站上去了。我很喜歡那種明亮的感覺，後來覺得它像陽光。以前我不喜歡陽光，覺得太刺眼，但是這時候我彷彿站在『大太陽』底下，覺得它明亮地照著我，讓我的身體變熱。」

「清理內心庫藏的意象，在整個過程中有出現過嗎？」陳老師問。

澤民點點頭：「有的。」

「這個線索、這個意象一直在嗎？還是後來念頭又跑到別的地方去了？」

「一開始要清理內心的庫藏時，我做了很多動作，想把這心靈扒開。可是我的動作不是那麼強烈、那麼快的，而是慢慢理出來，也就是伸展我的身體。漸漸地，動作開始變得乾脆俐落，好像內心的堆積物都清理出來了。」

「後來你覺得自己站在舞台上，好像找到一個地方可以大口呼吸，享受陽光的照耀了，你是這種感覺嗎？」

「舞台上的感覺，是一種在必要的時候，我挺身站出來，這時的感受是喜悅、輕鬆的。」

「你的肢體在表達這些意象時，有困難嗎？還是自然地就能表露出來？」

「沒有特別困難。後來我躺下來，覺得有一部分的自己好像死亡了，然後我就聽到丹丹哭得很傷心，又聽到城光在呻吟。我本來是在享受著死亡的寧靜，聽到這些聲音，心裡便開始揪起來。」

「這些聲音會干擾你嗎？對這些干擾，你有沒有生氣的反應呢？」

「沒有。後來聽到丹丹發出小孩子般嗚咽的聲音，我就開始唱歌，覺得自己像父母一樣，想透過歌聲去撫慰傷心的他們。」

陳老師繼續追問：「你對自己的意象、反應，譬如你站在陽光底下、站在舞台上的感覺，聽到哭泣聲，想像父母一樣撫慰他們，你有意識到這些現象和活動嗎？」

「有的。」澤民點頭。

「所以你不是無意識的。你知道發生了這些事，而且也樂於這樣做。這些意象的跳接，造成的反應與影響，你也都知道嗎？」

「那時感覺自己想如父母一般，透過聲音去安撫他們，覺得自己很有愛心。後來，又覺得自己不必那樣，就停止了。」

「在這個過程當中，你對覺知現象的活動及內心的影像沒

有困難，也就是說你有基本的慧觀能力，任何發生、反應你都知道，也允許它發生；但在基本的定力方面，要你精神統一，專注於一個對象上，這對你來說有沒有困難呢？」

「我不知道。」澤民不懂。

陳老師對澤民說：「從你的表達中，可以看出有一段意象的演化，而且你都意識得到，代表你在觀、在覺察的部分基本上沒有問題。可是你在精神集中、攝心方面的能力不強。你以後在做這個活動時，要特別去注意。因為我們這個『觀注受覺療法』，並不是觀察、認知一切就夠了，最終是要直觀於它的本來空無。起初你的心要能夠定，不管外界發生什麼事，覺知者是在他自己，攝心在一個對象上。我可以知道一切發生的直接和間接反應，甚至能夠創造這些反應，但是我也能夠切斷這一切連結，定在一個東西上面，必須培養出這種攝心的能力。」

澤民說：「我一開始還知道那些指令，做到後來記不得了，就隨著心裡的意象來動，雖然我有覺察到意象。」

「所以說你有觀的能力，不過定的部分要多加琢磨，否則在練習的過程中會有很多意象出來，你很可能就跟著它跑了，定不下來，也無法集中在首要受覺上，讓它揭示，轉化，並且完成。除了發現並跟隨一切意象之外，也要能鎖定、專注於它。除了觀察、認知到一切的意識在你的內在完成，也要允許它以各種動作呈現。先有一個直觀、隨順的能力，然後要有『著眼』於一個受覺的能力，那個首要問題的受覺才能得以揭示、完成。」

內在的引爆

陳老師對澤民重申必須培養專注的能力之後，更深入地說：「我們內在屯積了很多的受覺，在觀注受覺時，首先要清理你的內在空間，其次要在很多困擾、壓力的意象當中，找到一個首要的，擋都擋不住的；因為它不允許你把它擺到一邊，它就要你馬上處理，要你直觀它、專注它。這時你就必須留在那種感受裡面，可是並非用頭腦去想，而是訓練你的身體做一種覺察。那是一種包容、敏銳，如此一來，那個受覺會自動完成它自己。也就是說，下一次你會接觸到一個首要的問題，那時你可以問它：『你要告訴我什麼？』問這個受覺、這個身體或這個意識，但不是要你去處理它，而是讓它完成它自己。」

比如說古荔覺得丹丹在傷害、玩弄她，這只是表層意識，如果她再深究下去，就會發現這個能量還有很多東西，她得直觀且專注，讓它完成。然後找到適當的字眼去表達那種感覺，不管那種感覺是陰暗、潮濕，或者很模糊。當那個受覺被某個字眼吻合、命中紅心了，它就會發生轉化。就是你終於講對它了，終於了解、觀照到它了，那個能量才能得以瓦解或完成。當這個能量一經完成，它甚至會產生一個很新鮮的覺受，會得到釋放，像一個火藥庫被炸開來了。不過這並非別人炸開的，而是自己引爆。它會發現，原來的那個糾結是空的。它會揭發你存在的真相，你生活的實相，進而你會知道你是誰？知道你生命的意義是什麼？如此身心靈才得以整合。你開始會有愛己如人、愛人如己的能力，也就是我所謂的全人。」

啊！緊縮和壓抑的甩脫

肯與澤民相同，都選擇了第一個指令，可是肯的表現截然不同。

一開始，肯著眼於清除堆積物的意象。他採用從頭到腳掃瞄的方式，依次進行伸展。然後他開始移動，不停地移動。

陳老師問：「這是因為別人都待在原地的關係嗎？」

「不是因為別人的關係，而是一種腳想移動的感覺。當我開始走動，就覺得可以自由呼吸了！」

「是不是在清理房間以後，就覺得可以自由行走了？」

肯覺得身體中的堆積物，比較多的是緊縮與壓抑，所以會想做出不同程度的舒展。

「走路之後，我在想這樣就完了嗎？接著身體就有一種抖的動作，這意象有點像洗衣機脫水的離心力，可以快速地將這些堆積物甩脫出去。我交替地感受呼吸與堆積物去掉的感覺，就這樣一層一層去感受。」

「這裡面是頭腦或身體的層面較多？」陳老師追問。

「身體的層面多。甩脫之後，我察覺自己一直站著，於是想去嘗試其他姿勢，比如躺著的話，那種感覺怎麼樣呢？然後我就笑出來了，這個笑是身體引發的，當我採取某種姿勢，很自然地『哈哈！』就出來了。躺著時，有幾分鐘我感覺左手臂和右手相同部位相較起來是痠的，好像有一個力量要拉我過去，連聲音『啊——』也被拉出來了。之後，我想試試不同姿勢對清除堆積物的效果是否不同？也嘗試跪著、趴著、爬著，五體投地式等等，最後才坐下來。」

這是肯左手的選擇，結果和他的預期也不太一樣：「開始的時候，我認為自己身體裡有很多髒東西，需要大掃除。做完以後，心變得開闊，甚至感受到熱情與活力。因此與其說有很多堆積物，不如說是壓了太多東西，所以才會用伸展的方式，讓那些東西流出去。」

鬥牛的哀嚎

城光選擇的也是第一個指令。

「我第一步是把注意力放在身體，從頭到腳掃瞄，我發現我的身體就像水一樣。」

「為什麼身體會像水一樣？」陳老師問。

「這是一種感受。然後，我感覺我的壓力都放在肩膀和背部，接著就發出呻吟。」

「你剛開始掃瞄時，是站著，還是躺著？」

「站著，而發現壓力是在躺著的時候。在發出聲音的同時，就發現肩胛與背部有很多壓力。這時出現很多意象，有以前在工作時或是小時候的事情，也包括現在要去推課程所面臨的壓力，都會看到這些過程在跑。」

「在眼前嗎？或是在身體哪個部位跑？外面或是裡面？」

「在眼前、在裡面跑。」

「在腦部？還是眼睛後面？」

「在腦部與眼睛後面。我發現有無力感時，連四肢都是無力的。身體也變得很扭曲，整個人就在地上扭扭曲，滾來滾去。」

陳老師問：「你比較喜歡躺著，不喜歡站著嗎？」

「對！這點我也看到了。當我面對事情時，常會ㄍㄧㄥ著把它做好。一開始我發現身體都是硬硬黑黑的，然後就嘔吐，把一些東西吐出來，身體上一部分就有光明的感覺。」

「是感覺嗎？意象上有沒有光？」

城光強調：「真的有光進來，在身體周圍最明顯。」

「有光進來時，你還在哀嚎嗎？」

「你的哀嚎裡面，是有一些東西想發洩出來，還是有其他含意？」陳老師繼續追問。

「我發現很多東西都壓在裡面，我碰到事情不會說出來，就放在心裡。」

「是哪一類的事情？」

「比如遇到困難，我去求助他人，他們也沒辦法時，就要自己想辦法解決。我不會對別人訴苦，或說出自己的煩惱。」

「你可以光是這樣想，但這也顯示你某種能力沒有開發出來。比如說你試著表達自己的需求，在遭到拒絕時，你就閉嘴，自己去完成。為什麼你沒試過說服別人來配合你的行動？去說服別人，擴大影響，也是一種能力喔！不是說你這樣不好，而是因為缺乏這種能力，只能一直這樣理解事情。你失卻了表達（喉輪被鎖住了），所以這個哀嚎一直存在。」

城光承認自己有這樣的模式：「我採取說服別人的機率較小，大概才百分之二十。」陳老師有感而發：「百分之八十都是壓進去的，或是做一些不討喜的粗糙動作，很辛苦，所以只好哀嚎。

既然意識到自己這種模式，首先你可能要改變這樣的理解，再去發展自己的能力。人性有時候是滿自我中心的，所以你要動之以情、誘之以利，各種能力都要有，不能只用單一的方式去做事。

無法採取其他策略來應對問題，這就是一種缺陷，這樣你承擔的壓力就大了。這不只表現在工作上，在你的關係裡也是這樣。雖然你很認真在修行，不過其他能力沒開發出來，以致於這種練習的場合，你總是不由自主倒在地上哀嚎。這不是不好，而是你要發現自己一直在哀嚎。進行這些活動時，不只是放鬆身體、覺得喜悅而已，在你發現問題的癥結以後，還要尋求突破的可能。」

城光一直到活動結束，都覺得還沒發洩完，還有想哀嚎的感覺。雖然看到了光，然而陰影仍在。他覺得「來自地心」的壓力似乎發洩不完。

陳老師告訴城光：「如果你不開發出更多的能力和銳利的覺照，會像一隻鬥牛一樣，一直用這樣的心態和角度——積壓再發洩——來處理自己，來過生活。你要跳脫個人的認知與角色，如果能站在宇宙的命運上講話，而且也有這樣深刻的體會，你就不只是一個自我了，那時別人很難拒絕你，這點很重要，誰說你只能ㄍ一ㄥ著，然後倒地，像一隻哀嚎的鬥牛呢？」

宇宙和命運，玻璃心與安全感

從城光的問題，陳老師引出了一個探討的向度，他似乎在敲著我們每一個人的腦袋：「當你和一個老師、一個團體在探討生命的自我實現這類課題時，有沒有想過道路的問題？有沒有對宇宙命運的思考？你是不是只想到『我』的舒服、『我』的利益，要怎麼過日子才是『我』要的？甚至連那種最稚氣的感受都可以出來——我不要被『誤解』！彷彿自己真有一個不變的『正確圖像』似的？是否永遠都在關切那個習氣或是自我感的需要？想到的都只是個人命運的問題，而沒有和整個宇宙、生態、整個眾生的感受一起同步，也沒有眾生一體的那種使命感？

我想問各位，想不想為自己的生命負全責？想不想過一種和別人不同的人生？一種靈性成長、原味覺醒的人生？這很像是走佛陀與耶穌的道路。如果你要的話，那麼與別人互動、眾生一體的感受要加強，而且在生活中、認知上要進行一種自我的瓦解，要勇於投入未知，進行自由的創造。

當人和團體、宇宙、其他生命之間的同步性都完成時，那才叫做淨土、才叫天堂，才叫修行、覺醒。請問各位：這個東西什麼時候才出來呢？這也是為什麼有些人是師父，有些人是門徒；師父有師父的意識與覺知，而凡夫也有凡夫的，截然不同。凡夫無法有宇宙命運的認知，無法給自己更大的版本。凡夫所在意的就只是安全感，而他永遠不知道，在他的玻璃心底下，永遠不會有實際的『安全感』！」

既陌生又親近，那是誰？

歐瑪的左右手都選擇了第七個指令：相信你的身體，所有不好或不舒服的感受，都是它在調節、恢復和諧與自然狀態的一種動作。

剛開始她閉著眼睛，從左肩開始動，而且覺得室內大亮。

「我張開眼睛，才發現其實燈光是昏黃的。沒多久，大家紛紛發出各種嘶叫。然後我緩緩移動，感覺脊椎彷彿一條蟒蛇。這時我好像跳到另一個空間，那裡沒有我的存在，但是意識得到某種意象，類似一條金光閃閃的蟒蛇向上蠕動。」

「妳是那條蟒蛇嗎？」陳老師問。

「怎麼說？」歐瑪低頭思索著，「那是我感覺脊椎移動時，自然出現的一種意象吧，我把它比喻成蟒蛇。後來其他人吼叫時，我感到一種全方位的暴露，無法遮掩或防護自己不受影響，任何騷動都會被我接收，這有點恐怖。」

歐瑪外表的動作不多，而且似乎掉入一個幽深的內在世界裡。

她說：「睜開眼睛就不會害

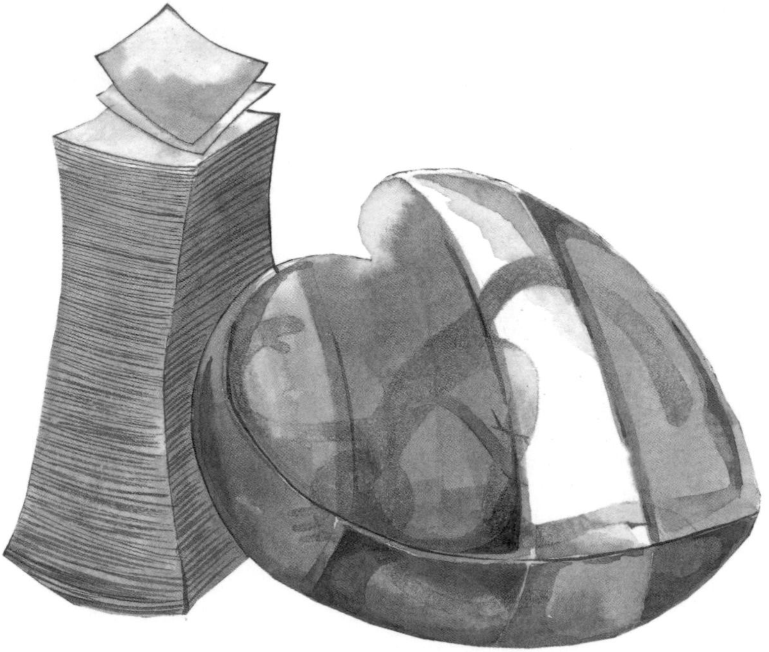

怕，這時注意力便擠到這個小小的房間裡，一種精確的認同感就出現了，覺得比較安心。閉上眼睛，這個房子就不見了，我好像掉入一個無邊無際的黑暗裡頭，不得不接收

到很多很多東西，我心裡會抗拒，覺得承受不了，不過又沒有辦法過濾。這時會害怕，還好以前有過類似的經驗，還不至於嚇得倒下去。

起初覺得外界的聲音是種干擾時，我都在處理這個，就是觀察自己的抗拒。過了一會兒，內在有一種感覺出現，讓我開始放鬆，不對這些影響大驚小怪，好像有一種什麼在進行處理了。然後我把注意力放在第七個指令的意象，緩緩移動身體去體會第七個指令。漸漸地，我很難記得這個指令，必須費神去回憶，反而第六個去旅行的意象變得鮮明，我就開始操作第六個指令，也發現它和我的身體很相應，感覺很平靜，好像旅行正是我想要和應該去做的。

再過來，連第六個指令也記不起來，反而第八個指令突然冒出來：『就當下的心象起舞』，接著就失去身體的感覺，只有移動。我感覺完全放心了，不再有那種做功課的感覺。這時雜念全失，我能夠直覺地知道大家所處的狀態，不管誰發出任何聲音或反應，對我都巨大得像種震撼；也同時知道在我所處的無盡黑暗裡，人所做的任何事情都是空洞和虛妄的。」

歐瑪繼續回溯：「到最後，我沒有設定要做什麼，就讓身體動，我的手竟開始摸自己的臉，可是這個手卻不像我的，覺得它很親密、友善，也很陌生。」

陳老師問道：「妳覺得這種感覺很恐怖嗎？妳覺得是誰在摸妳？」

「我不覺得恐怖，但不知道那是什麼？像我，又不像我。」

陳老師又問：「妳覺得那是一個念頭、意志，還是一個情緒能量，或者宇宙意識？也就是說，對任何現象，我們如何認知，也正代表我們意識的層次與狀態。妳的修行有沒有成就，不是等待一個外界的認定，重要的是當下妳怎麼認知這些現象？譬如說思索『人在宇宙中的位置』，或介意別人對妳是否有『正確的了解』，就有不同的認知或意識狀態了。妳的意識層次在哪裡呢？所以剛才這個動作，我會以不同的層次來問妳，就看妳如何解釋它。」

歐瑪似乎覺得詞窮，反覆說著：「那不是一種單純的感覺，應該說……覺得很親近，又很陌生。」

陳老師改變問法：「過去有沒有什麼東西，也讓妳感到很親近又很陌生呢？」

「你啊！」歐瑪臉色一亮，「老師時常給我親近又陌生的感覺。」

陳老師笑道：「是的，我跟別人很契合，有時又是很遙遠的；看起來很平靜，然而又是波濤洶湧。妳知道為什麼嗎？」

「不知道。不過那種陌生不是距離。和老師相處時，比較像是……覺得過去的經驗，不能拿來當作現在的參考。感覺上你還是陳老師，很平凡的普通人，可是這當中若仔細一看，又覺得你怎麼一直在變、在動，很靈活，變動中不曾失去一種明晰的東西。」

「什麼東西可以這樣呢？」陳老師問大家。

「我們的心性、覺性就是這樣，我們光明圓滿的佛性就是這樣。在人世裡面，這一切都是現象、變化，但本質只是Nothing。一個師父他就是這樣。佛陀是這樣，耶穌是這樣，克里希那穆提、奧修也是這樣。他們在這個人世間，也根本不在。就像蓮花出污泥而不染，它必須待在污泥裡，卻依舊是聖潔的蓮花。所以我一直期待你們在意識上有一個更大的翻轉，當你的意識更上來一層時，你會發現上面還有一層，直到沒有層次的層次。」

手按脈輪淺說

陳老師說：「經過這一番田野調查——八步驟『體現心象』——透過身體去完成那些意象、指令，你就能把注意力漸漸放在身心的受覺上，培養直觀專注的能力，才能把生活中被疏忽的受覺揭發出來，完成它自己的表達。這樣你和問題的關係以及你的身心、生活就會轉變。從大家的表達裡發現，那些指令很容易忘記，因為意象一直演化、變動，這也在我的預期裡面。

『觀注受覺療法』的A步驟是『體現心象』，B步驟則是『手按脈輪』。『手按脈輪』指的是手按三、四脈輪。第三脈輪是太陽神經叢，代表個人力量的完成，亦即個人和外在世界的關係。第四脈輪是心輪，是一種情感的力量、愛的品質，也就是個人與內在世界的關係。人身上下共有七個脈輪，亦即能量中心。肚臍以下屬欲界，包括海底輪與生殖輪。肚臍、腰以上屬色界，包括太陽神經叢、心輪和喉輪。臉部以上屬無色界，包括眉間輪和頂輪。我們的左右手會放在什麼位置，都有其象徵意義，意味著目前身體所缺乏或互補的部分。

右手代表的是我們的左腦、陽剛、理性、能處理問題，左手則是我們的右腦、感性、陰柔、能意識問題。現代社會講究的是理性分析、有效率的左腦，所以我們細膩、有情感品質的右腦一直被打壓著。基本上，右手比較像工作中的我們，左手則像關係中的我們；一個是doing，一個是being，不同的向度。

以我的觀察，工作與關係正是對應於第三與第四輪脈，而這兩個脈輪佔盡了人類生活的一大部分。因為臉部以上的輪脈，只有極少數的人在修持上已經完成。腰底下的輪脈，是多數人都有的情愛生活、性活動，是較為隱私的部分，也是社會、生命的基礎。因此，人生的問題是集中在三、四輪脈上，我們百分之七十的能量是耗在這兒。這是我設計『手按脈輪』，將焦點放在這裡的用意。

透過剛剛的『體現心象』，一直來到『手按脈輪』，這時候你不必選擇，只要『問』你的左右手，『想』要貼在哪個脈輪上？其實你會發現，那是一種生物能量與心智能量的立即契合，『啪』地就貼上去了，各位下次試試看。

這兩個輪脈的問題處理好了，我們才可以往下處理下半身，也可以往上探索喉輪以上的靈性。處理好工作與關係，人生大部分沒問題了，我們再來涉入比較隱晦的種族、性與命的問題。甚至一提而上，來深入靈性的問題，這才可能帶來真正的社會革命，其實也就是心靈革命。」

蓮花與空氣

丹丹與古荔之間糾結的關係，一直為我們所關注。今晚做過「體現心象」，陳老師解釋了「手按脈輪」之後，我們討論的焦點又來到丹丹的故事。

陳老師提醒丹丹：「你不能不理古荔，這是你必須通過的。」

「我不知道怎麼做？」丹丹無可奈何地說。

「你要讓她覺得既親切又陌生，不要只是拒絕。」

「我沒有拒絕她。」

陳老師鍥而不捨：「這是心性、意識狀態的問題，而不是實際上有沒有拒絕。當你有認同、有想像、有恐懼，就仍是世間法那一套，而不是出世間法的超越與完成。蓮花出污泥而不染，它在污泥裡，又有在污泥之上的一種美，這就是它的超越、它的臣服。蓮花是臣服於污泥的，不然它怎麼長得出來？所以我說臣服就是超越，人的自心本性也是這樣。可是自我就覺得『我沒有拒絕她呀！』這是世間法，煩惱就是這樣來的。你看看煩惱的樣子，它是張力，是引力，也是對立啊！」

丹丹不明白，「老師所謂的『通過』是指什麼？」

「就是通過這些污泥，和污泥玩。」

丹丹哭喪著臉說：「我不知道怎麼和污泥玩？我只要一開口說話，她就很不爽。」

「她所有的不爽都無法侵害到你。」陳老師強調地說，「不要相信她的自我能傷害到你，除非你也有一個易碎的自我。我為什麼說你必須完成？以我為例，我有三個小孩，但是我連一個小孩也沒有。就像空氣，你說空氣是有還是沒有？它好像很親切，又好像與我們無關，它被吸進來又被呼出去了，它也不會覺得被我們吸來呼去，就只是『在』而已。這就是心性、覺性的本質，如果你有這種體會，你的人際關係就有這種能量的遍佈。不是基於你的故意，而是一種精神的氛圍。修行是很簡單的，你修到什麼地步，你的關係就變成什麼。如果你的意識是完成的，別人不會成為你的問題。」

擺臭臉的蛇

「可是我覺得，我愈來愈不受她的影響……」

陳老師打斷丹丹：「你從來沒好好去接觸她，有一部分是由於你很深的恐懼。就像你的日常生活也有一定的步驟與看法，你只相信你不移的策略，這樣會比較方便，也有保障。你也把這個技巧轉用到感情與關係裡，可能你和你學生的關係也是這樣。『怎麼做才是好的？』你一直有這樣的認知，但有些人可能不買你的帳，他們不想配合，所以你就受傷了。而你又不能不靠近他們，然後你又會有那些感覺，怎麼辦呢？你讀了那麼多的佛經，你應該很清楚。」

「可是我真的不懂你所說的……完全不能理解。」丹丹陷入困惑中。

「那就不要理解。」歐瑪試著提醒丹丹。

「但是我完全不知道該怎麼做啊！」丹丹有些急了。

歐瑪繼續拋出訊息：「做和理解不同。」

「做就是沒有恐懼、沒有理解、沒有立場、沒有界線。」陳老師接住歐瑪的說法，並且更延伸它。

丹丹分辯：「事實是我對她笑，她就對我擺臭臉啊！」

陳老師立刻對一臉無奈的丹丹開起玩笑：「那你也擺臭臉給她看啊！她就會笑了。你在哪兒被蛇咬到，那邊就有解藥。被蛇咬到，不要去別的地方找解藥，就在附近找，而且是百步以內一定有。這個是自然法則，道的奧秘也是這樣。如果這樣講得通，不需要什麼『觀注受覺療法』就能夠直指人心，就地成佛。生活才是巨大的真理，對真理這樣體悟了，你會發現自己的本質就是這樣。

被蛇咬到的地方就有解藥，所以當她咬你、你受傷時，解藥就在那裡。你可以以其人之道還治其人之身。不是為了攻擊她，只是表達你的情緒能量。她和你鬧的時候，就讓她鬧，等她鬧夠了，再對她說：『剛才我受傷了，所以我也要照樣鬧妳兩下』對不對？根本不用恐懼、往後退，就這麼簡單。」

「我的感覺是我沒有後退，沒有逃避，不過我也沒有往前走。」丹丹繼續堅持。

陳老師微笑著：「或許你就向她說『我們分手吧！』然後深深地擁吻她，有時候拒絕也可以是很甜美的。」

丹丹睜大眼睛，難以置信地說：「我做不到吻她耶！我就沒那個感覺啊！要怎麼做呢？」

歐瑪再次充作橋樑：「其實老師的意思，不是要你去做特定的行為，重點是你有沒有辦法藉由行動釋放自己，也釋放你們關係中的緊張。當你面對她時，可以試試看，允

許自己處在一種空白狀態，完全不知道該怎麼面對她，不去擔心這個狀態該怎麼辦，放掉方向感和價值判斷，敢把自己放在那種空白之中，也許過一段時間之後，會突然有一個靈感冒出來，你就知道該怎麼做了。」

「我常常是一片空白啊！」丹丹錯愕地嚷著，「面對她，我根本不知道該怎麼做！」

陳老師嘆氣：「你那個是腦袋空白！我不知道你讀了那麼多佛經，有那麼多神秘體驗，為什麼在這一點一直扭不過來？」

「我實在不懂耶！面對她，不管我做什麼動作，似乎都具有傷害性，我還能怎麼辦呢？」丹丹似乎有些惱怒了。

陳老師直接地說：「恰巧你是這樣的感覺，所以你讓那個傷害繼續存在。如果你勇往直前，那個傷害就消失了。你可以做各種事，當小丑也行，只要不是恐懼就行了。」

歐瑪忽然說：「有時候我們的顧慮並不是真的，而是一種擋箭牌，可以合理化我們的不行動、不改變。」

「問題是我根本不知道怎麼動嘛！」丹丹有點惱火，「我知道沒有動是有問題的，但是我不知道該怎麼動？如果真要做什麼，可能就忍不住罵她了，這樣能怎麼辦呢？」

陳老師仍然窮追不捨：「你對這個問題並不真的想要解決，只是一直解釋為什麼自己沒有動。恐懼之後就是憤怒，受傷之後就是反擊，這部分就是你的困難了。你是真的想解決這個困難嗎？還是把它當藉口，這樣就不必處理了？」

「我內在有一個聲音不想原諒她！」丹丹總算說出內心的癥結了。

空與內在之聲

陳老師納悶地說：「如果我的內在有這種聲音，我馬上會質疑：『我是誰？我不想原諒誰？』我不會因為一個聲音出來，就認同它。即使不是質疑，我也不會立刻認定這是我的立場。

你說：『我不想原諒她！』首先，我就會質疑這個『我』是誰？不是我就是我喔！『不想』的『不』是一種對立的意志，『想』是一種思維、分別，然而是誰在想呢？還有『原諒她』其中有什麼道德意涵嗎？有誰必須被我原諒呢？有一個我要去原諒嗎？這個原諒有一種你和我的對照與分別嗎？原諒又是什麼樣的動作、意涵呢？原諒只會在虛空中存在呀！而『她』是什麼？是被我們丟出去的部分嗎？是被我們『眾生一體』的愛當中丟出去的一部分嗎？因為那部分是我不喜歡的，她會壓迫、糟蹋到我，所以我不想原諒她嗎？這裡面有種種值得懷疑的成分耶！丹丹！

一個感覺出來，我會是一個空的觀照，像一個空白的螢幕，讓它呈現而已，我不認同那些跑來跑去的影像、聲音就是我。你讀了很多佛經，也對修行有很多深刻的體會，難道這一點看不出來嗎？讓佛法真的有點用好嗎？頭腦碰上事實，要瓦解的是頭腦，不是嗎？為什麼不好好實踐佛陀、奧修說過的話？要不然跑去奧修社區領一個門徒名字做什麼？你至少也真的如奧修所說的捨棄自己，瘋狂一下、靜心一下吧！

空是這樣，你允許很多聲音、感覺和思想出現，可是不會跟著說這些就是『我』。不要讓問題淹沒你，不要成為問題的一部分，離開它，找出與它適當的距離，這就是觀照、覺察的意思。我們剛才不是在操作這個指令嗎？而且也做得不錯啊！為什麼在現實生活中、在關係中，就無法運用這個原則呢？這也是我經常覺得奇怪的，我講的東西通常是一個大原則，是一個樹

幹，而不是枝枝節節，為什麼學員觀照自己的方式，經常是枝枝節節的呢？在知見層次上丹丹好像懂很多，一味地在知見立知，但是都失去根本。本立而道生嘛！難道你所經歷的那些經驗、知識和那些個案，都無法回饋到你生命的本源嗎？如果你把關係這樣分割，就代表你在心性上、在自我修持上，也是這樣分割的。這真的是在修行嗎？你這是在分割、分析什麼呢？如果把生活中的一切分析到這個地步，接下來該怎麼把它們整合起來呢？」

「就算我對她表達善意，她也是不回應我啊！」丹丹快被「打敗」了。

陳老師肩一聳，雙手一攤，「伸出去的手，別人也許不接受、不屑一握，我們能做的就是把手伸出去而已。你看看這世界有多少人接受佛法呢？六十億人口當中沒有多少耶！很多人信仰耶穌、信仰上帝，他們也不見得知道耶穌或神的旨意呀！你只能把手伸出去，就算對方拒絕你又怎麼樣呢？她不是笑嘻嘻，就是繃著一張臉，再不然就是把你的手拍掉，這些反應都是固定、可以預期的，你認為人還能有幾種反應啊！所以你說什麼叫做傷害呢？除非你也專門打造一種叫做傷害的固定反應。」

後記：詠蓁寫的，願與丹丹互勉

丹丹還在努力，他看起來比我剛認識他時可親許多了。上課時，他經常成為陳老師開玩笑的對象：「這是台北最後一個處男，有哪一個女孩子可以來幫幫忙啊？」

每當這時，丹丹就笑得很可愛。他的舉措是內斂的，看得出來他坦然接受自己匱乏的一面，不介意「在室男」的身分曝光。對於與古荔之間的糾結，他說：「我現在就是繼續完成我該完成的部分。她拒絕我一次，我就再去敲兩次門。如果這時候放棄，我想以後還會遇到類似的狀況，只能努力嘍！」

課後，我與丹丹互相擁抱。在那當中一不小心洩漏了他的熱情——啊！猶如一個具有鋼鐵意志的少年。初生之犢的他，還不大習慣蜿蜿蜒蜒的愛情、以及有一副曲折肚腸的女人。他正在進行一個可貴的愛的功課，而這也是我的進度所在，因此，願與丹丹互勉！

看來，我們都活在過去和別人的需要裡？

睡眠輕輕敲著我的眼睛，
我的眼睛就沉重起來。
睡眠接觸著我的口，
我的口就張大著。
真的，它用輕悄的腳步，
溜到我身上來，
這最親愛的偷兒，
它偷去了我的思慮：
我癡笨地站著，
如這書案一樣。
——尼采《查拉圖斯特拉如是說》

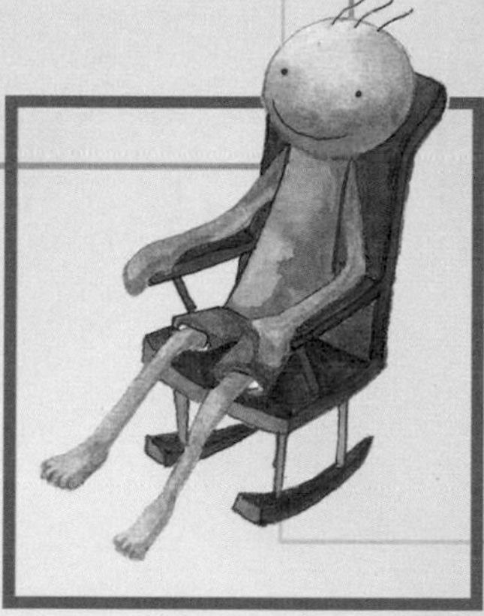

陳建宇講述／吳舜雯整理、定稿

大人的言行

台北延吉學舍來了幾位新朋友，他們是歐瑪帶領的家族動力系統的學員。由於歐瑪向他們談到，陳老師在她遇到困境時，幫助過她跨越原先的侷限，這些朋友都對認識自己感興趣，聽到歐瑪的描述，便想要來認識陳老師。

寒暄之後，陳老師笑嘻嘻地詢問這幾位新朋友的姓名，時而就他們的個人特質，詼諧地打趣一番，並重申課程的主題是「工作無懼，關係有愛」，任何有關這兩個層面的問題，都歡迎提出來討論。

第一個發言的人是阿秀，她的眼睛閃著柔和的光芒，襯著削薄而服貼的短髮，堅定的唇形，整個人流露出璞玉般溫潤的氣質。

阿秀的表達不急不徐，遣詞用句完整而豐富，令人印象深刻。

「從小，我就發現身邊的大人，包括家人和鄰居，言行裡時常帶有批判和指責，這使我很敏感於是否會被人排斥，雖然父母對我也很慈祥，我卻對大人們時好時壞的作為感到不解。

我也懷疑是不是自己不好？仔細想想，便知道不是這個問題。只能納悶為什麼我好，別人卻對我不好呢？所以從小我對人產生許多疑問。

我比較喜歡到海邊或山上，和小草、河流說話。在學校裡我常退避在角落旁觀，雖然我有很多朋友，師長對我也不錯，可是我從不覺得自己是其中的一分子。

曾有老師誇獎我很有演講的天分，要我參加比賽，只要他這樣告訴我就完了，我就講不出來了。只要別人特別強調，我就覺得我不是。譬如寫作也是如此，我可以寫出很好的文章，可是只要意識到這個，我就寫不出來了。這種陰影一直出現，別人的稱讚會使我停止發展。這其實是對別人的不信賴，一種自我防衛，而我也無法相信自己。這是我心中一直存在的複雜情緒。」

特立獨行的媽媽

這時阿秀的眼皮垂下，神情有點不同，「有一次，我在呂旭立基金會上『自我探索』的課程，老師要我們用九宮圖去描述一些事情。那天的主題是『媽媽』，其他的同學很快就寫好了，我卻寫不出一個字來。我不知道原來我對媽媽是那樣的陌生。我無法形容自己的母親，腦袋裡一片空白。

後來老師把我的圖放在黑板上，透過老師和同學的協助，才慢慢寫出來。直到那時，我才發現自己不喜歡母親，但我的一切又是她帶給我的，所以我一直不願去想她。」

阿秀小時候住在鄉下，她的母親為人比較特立獨行，又和鄰居處不好，「這當然會影響到我，導致人家也不太喜歡我。當我要結婚時，我的婆婆來提親之前，先向鄰居探

聽，得知我母親的情況，心生成見，認為這種母親教養出來的女兒，品質也不會太好。

結婚以後，有一次母親從鄉下來看我，當時我在工作，原本可以請假回家陪她，心裡卻出現一個聲音：『我要讓她待在家裡，和我婆婆相處，讓她也體會那種不受歡迎的感覺。』於是我沒有請假，把媽媽一個人丟在家裡……我心裡就這樣交纏著許多與母親有關的情結。

後來我慢慢地透過許多學習去釋放，直到終於能夠了解並接納母親，我才能夠接納自己。雖然如此，在不經意之間，在很深沉、細微的地方，若隱若現地，仍然有些聲音存在……當我聽到歐瑪談到陳老師引導學生的方式，便直覺地認為陳老師可能對我有幫助。」

陳老師望著阿秀：「妳現在應該是個母親吧！」

「是。」阿秀看著老師，等待回應。

老師不是以阿秀對母親積累的情結作回答，而是直接切中她目前扮演的角色。

「由於承受了上一代的陰影，」老師略帶沉思地說，「當妳成為母親時，對待孩子便有較強的自覺，會謹慎地提供正面的訊息，這便是一個不好的媽媽所可能帶來的正面影響，對不對？另外，有些母親因此費盡心力照顧下一代，不管是生活上的細節，乃至於頭腦裡該想的，都幫孩子規畫好了，孩子卻想反抗，因為覺得被控制了。

我們不能因為小時候家庭會傷人，在有孩子時，便特意要給他大量的支持，甚至做盡一切的安排。我們的成長有一部分可以歸因於上一代的影響，不過我們警醒的話，當下要讓這種影響變成什麼，卻是可以決定的。這樣的母親，或許就會知道利益孩子的分寸在哪裡，不僅對他好，也要給他空間。」

老師有些感慨：「所有的人都不可避免地會受到生命源頭的影響，有時這個影響相當巨大。如果我們的母親是循規蹈矩，能順應當時社會的禮教，打理好家庭，再加上父親負責、顧家的話，我們所受到的影響會是比較正面的。也有可能，我們處在一個會傷人的家庭，不管那是源於父親或母親的傷害，重要的是只要活著，我們都必須成長，必須經歷我們的人生。」

釋放內在的聲音

陳老師接著問阿秀，經歷過母親的負面影響之後，現在的她，是否成為一個不同的母親了？是否能給予小孩正面的影響？或者變成一個太正面的母親，正面到讓小孩沒有喘息的空間呢？

「從妳的長相和整個人的氛圍，都透露出妳是胸有定見的，我相信街坊鄰居對妳母親的評價，不會在妳身上出現，妳會是個注重社會形象的好母親。可是如妳所言，在妳心裡仍然有些聲音存在。」

端詳了一會兒阿秀起伏不定的神情，陳老師笑著說：「依現在的文化背景，我會鼓勵妳對母親說出妳的看法，講出她對妳的成長所造成的影響。也許那是妳主觀的認定，而這種表達會讓母親有機會回應妳，也許她能解釋為何如此特立獨行。當然，也可能妳有勇氣說出來，上一代不一定能敞開心胸接受質疑，對不對？所以也不能只用這樣的方式，希望取得『合理的致歉』以平息內心的聲音，是不是？也許妳可以去觀察自己，成長過程塑造了妳什麼樣的人格狀態？不斷地觀察，慢慢地讓那些聲音宣洩出來；進而看見自己——並非『族群』裡的那個阿秀，而是屬於『個人』的阿秀。

這裡還有一個重點，也是我真正想講的，不管那個源頭如何，我們的成長不能要求任何人來為我們負責。我們也不能將自己的存在，建立在下一代的成就與否。中國人喜歡講『望子成龍，望女成鳳』，其實那是錯誤的觀念。為什麼我們人生的價值必須靠別人的成就來證明呢？每個人都是他自己，每個人都受到環境或好或壞的影響，可是我們仍然要清楚：生命是自己的，只有自己才能成就自己。站在這種為生命負責的角度，最後媽媽對妳的影響，以及妳心中那些依稀彷彿的聲音，才有辦法從這個觀點得到釋放。」

老師開玩笑地說，在親子關係中，他主張的是「罪不上士大夫，亦不下及庶人」說完，即取杯就口。

欣賞人性的缺憾

陳老師盯著我們，繼續說：「我們很難找到一對完美無缺的父母，不會對我們造成任何不良影響，這是不可能的。不管是在這個社會、在父母或另一半身上，都找不到一個完整的人，讓自己可以沒有遺憾地接受。包括我們對自己，是否也能無條件地自我接納呢？還是要做到什麼，或是等別人點

頭說好，才能肯定自己、接受自己呢？真的，找不到一個聖人，就像我們也達不到完美一般。所以我真正要提醒你們的，是『寬恕』；不只對別人，也包括寬恕自己。不要再要求自己更好了，允許自己有一點欠缺，有一點人性，並且坦然面對自己的不完美，千萬別拿完美的標準來衡量自己和別人。如果你這樣要求，反而會將很多事情弄得破碎、斷裂和不甚美好了。保留一點人性，保留一點缺憾，試著去欣賞那點欠缺，給自己留一點空間喘息。直到你能夠欣賞不完美的自己，你才會開始享受自己的生命。」

收起平時嬉笑的態度，陳老師認真地望著阿秀：「至少妳母親的不完美，讓妳現在還在想她、懸念她，還在研究她對妳的影響。而且因為這種負面影響，會讓妳立志做一個對孩子有正面影響的母親，甚至使妳變成一個努力學習和成長的母親。如果妳的母親在她的本分上，做了百分之四、五十，等到妳當母親時，因為妳的缺憾，卻使妳能做到百分之八十了。

我要叮嚀妳，另外那一、二十就別忙了，那個部分的心思應該留給自己生活，同時也給別人空間。允許孩子決定自己的方向，尊重他的選擇，妳怎麼管都沒有用，他必須去經歷他的生命，包括失敗在內，更重要的是他必須在各種影響之下，學習到為什麼人必須為自己負責。

人生不可能永遠處在卓越的位置上，也不可能永保安康，當總統最多只能讓你做兩屆嘛！人生必然是不完美的，人生的莊嚴也是來自於它的缺憾呀！」

恐怖的完美

陳老師伸手撥去散落額前的頭髮，一邊說：「如果真的去要求做人做事都盡善盡美，天哪！那是很恐怖的事啊！光是我在修行上對學生的要求，就會帶給他們很大的壓力。有時我會想，是不是應該裝點兒糊塗，接受一些不完美？如果在十幾年前，你們看到我一定會不喜歡，因為我太陽剛，太強烈了。現在年紀大，體力不行了，沒有力氣罵人，比較和藹可親，學生也會覺得這是他們要的。你看！人世間就有這麼多的落差和無法控制的情勢，我們能怎麼辦呢？《易經》最後一卦是『未濟』，它的意思就是無有常數；不圓滿，只好留白嘛！我的《十隻鳥》裡最後一句：『另外／有一種癖好／我不告訴你』，說到底其實是將缺憾還諸天地而已。我再舉一個例子，也許你們會覺得好笑。

我以前在文殊佛教文化中心服務，在一次同事閒聊當中，老闆提議把《阿彌陀佛經》裡的景象，透過建築、園藝、聲光和科技創造出來，搞一個西方極樂世界的翻版社區，就叫做『西方蓮邦』或『九品蓮台』。大家一聽都非常贊成，這算得上宗教建築的創舉。因為仔細想想，不管是四寶所成的七重行樹、羅網、欄楯，還是金沙布地的七寶池、八功德水，蓮花大如車輪；晝夜六時，天雨曼陀羅花，微風吹動諸寶行樹及寶羅網，出微妙音；或者白鶴、孔雀、鸚鵡演唱佛法等等，真的都可以用現代科技、公共藝術和生態保育做出來。

大家正要鼓掌說棒的時候，老闆娘說話了：『你們不覺得這樣做很恐怖嗎？』這下子鴉雀無聲了。想來，的確是很恐怖呢！因為在這樣的社區裡，有形、無形的集結，都導向一種物質欲望與死亡恐懼的『追求卓越』和『永續經營』，那時我才發現，原來完美是一種恐怖的感覺。」

阿秀也同意：「提到這個，我想起佛光山有個模擬極樂世界的隧道，它便是按照佛經記載打造的。我去過兩三次，感覺有這種地方很好，別有洞天，不過那是夢，離我們很遠的夢，不真實，因為我們的現實生活不是那個樣子。」

陳老師說：「我們會覺得不真實，是因為在我們的經驗裡，根本沒有完美。所以才說不要強求任何人或事，得符合我們的要求才願意接受。強求完美只會帶來傷害。」

要求別人無法逃避自己

阿秀還有一個疑問：「我容易去寬恕別人，也清楚別人不完美是事實，但是對自己……」

「還是不能接受自己？」陳老師接著說。

「我倒是一直沒有去想到這個問題，或者我是用另一種相反的方式吧！我不能接受自己，只好接受別人。」

「小心！當我們在要求別人的時候，往往是對自己的一種逃避哦！」

「可是我都不要求別人，我會給身邊的人很大的空間。」

「不過妳內心是很清楚的，只是沒有講出來，對不對？」

「清楚是什麼意思？」

陳老師揮揮手，「儘管妳尊重對方的自由，但是妳不會放棄內心的希望，不管妳有沒有表達出來，妳非常清楚妳希望他做什麼。」

阿秀隨即說：「可是無法以這些希望直接向對方表達啊！那在很深的地方，你知道嗎？」

「對，對，是很深啊！」

阿秀強調：「很不容易察覺。」

陳老師急道：「察覺了，察覺了，在妳的長相就可以看出來了。」

阿秀噤聲，盯著陳老師一會兒，突然兩人又會心一笑。

陳老師笑著說：「不然我怎麼會知道？又為什麼要慢慢兜圈子繞到這裡來？我們第一次見面，我總要宛轉一點，慢慢靠近妳嘛！事實上我們在沉默地要求別人的時候，是在逃避自己。不過，我們一定是要求別人的，不然出門時為何要照鏡子呢？哈哈哈……這是人內心裡一種原始的渴望啊！總是希望別人照著『我們的樣子』來做，而我們也總是認同『所見到的』。」

關係也有藍圖

阿秀坦言：「也許我是在玩

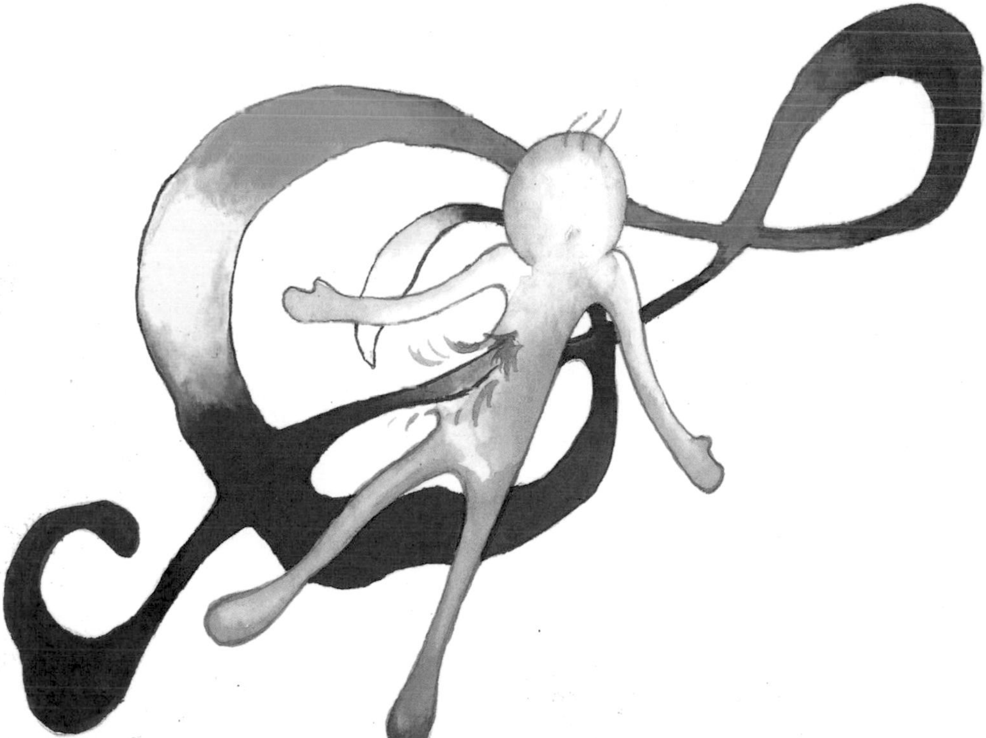

比較複雜的遊戲吧！對待孩子，我時常提醒自己，不要去干預他，從孩子很小的時候，我就如此自我要求。有時雖然想干預，但是有過去我母親的那些經驗，我會強迫自己不要這麼做。」

「妳知道嗎？」陳老師兩手一攤，「我第一次見到妳，便知道妳內心裡有某些很深的要求，妳比別人都清楚妳要他做什麼，雖然妳一直沒有講出來。」

阿秀連連點頭，「是，我就可以一直都不講出來，可是那很麻煩。」

「是呀！很麻煩。壓得很深，可是內在會一直有個不滿的聲音。」

「對，我常常假裝沒有聽到，假裝它不存在。」

「所以妳永遠不會真正的放手，」陳老師的手勢強調著，「妳的內心會一直懷著希望，希望別人能達成妳的要求，對不對？可見在妳心裡，妳和別人的關係都有個藍圖，妳會順服那個藍圖，也想要尊重對方，因此當妳的希望遇到牴觸時，只好把它壓下來。這些妳一定很清楚，我才說要釋放，要寬恕，尤其是寬恕自己，因為妳可能沒有機會直接和妳的生命源頭對話，來平息內在不安的聲音了。」

阿秀臉色一暗，「對，我媽媽已經過世了。」

停了一會兒，陳老師又說：「妳還是可以透過家族系統的排列，來和妳心中的母親對話。除此之外，妳內在仍然還有對別人的聲音，也有某種程度的緊張，那部分也需要釋放，而且妳不能只是依賴談話。幸而妳還有時間，首先需要的是釐清真相，其次是針對身心的現況，進行一些療癒。如果下次有機會，我們再來處理這個部分，好不好？」

生命的出路在哪裡？

然後陳老師問候坐在阿秀旁邊的年輕男孩，阿茂。

阿茂說：「剛才阿秀談到她的母親，對我而言，父親的影響比較大。我的父親很專制，一切都要照他的意思做，我不能有自己的意見，所以從小我就被塑造成一種典型：我就是一個沒有意見，有意見也不會有聲音出來的人。我很討厭自己這個樣子，覺得自己很壓抑。我父親期望我像一般人那樣成家立業，這是他一生的目標，也是我的壓力。我小的時候就知道我不喜歡自己，一直到讀高中時，我再也無法忍受了，便開始逃避，整個人就像得憂鬱症一樣，因為我找不到未來的出路？我不知道怎麼做？」

「到目前為止，還是不知道嗎？」陳老師問。

「現在好多了，因為和田醫師在一起，沒有什麼壓力，不用管一些……」

「可是你是個有力量的人呢！你父親的壓制並沒有讓你失去生命力。」

「我曾經自殺，因為沒有辦法忍受了，不過沒有死成。」

「那你知道怎麼樣活著，你才會快樂嗎？」

「這是我以前一直想知道，現在已經不去想的問題。」

「你可以不只是在頭腦裡想這個問題，而是去看你的情緒和內在的感覺。」

「我已經不管這個問題了，只去感覺現在的感覺。」

聽到這句話，陳老師精神一振，沙啞的聲音轉為宏亮，緊盯著阿茂說：「重點不單單是那點你所以為的感覺而已。只要是人，在意識裡便不時充斥著許多周遭的聲音或影像，你要去察覺其中原始的情緒和意念是什麼？那裡面就有著你對存在的看法。從這個了解裡，你可以發展出活得快樂和幸福的藍圖。

拿我來說好了，現代這個社會並沒有『禪師』這樣的工作和頭銜，我又不想依賴過去的傳承與歷史的圖騰，所以我就必須創造，必須為我的天賦打開一條出路來。我不因為這個想法不為社會所了解和認可，就不敢去想、去行動。『人生禪』是一條還沒有人這樣走法的路，我卻清楚這就是我喜歡走的路。雖然它充滿未知，沒有任何保證，我還是要這樣做，因為我了解自己內在最原始的情緒和意念是什麼。

不管你得到身心症或憂鬱症也好，這其中必定有你對這個世界、社會和自己生命的感受。那些感受是你所不喜歡的、抗拒的，才會形成身心上的疾病。那麼該怎麼辦才好呢？道理很簡單，如果你覺得當一個上班族會讓你焦慮、受限制，你可以不要演出這個角色嘛！重要的是，你不喜歡的，反過來就會是你喜歡的。去發展你喜歡的，慢慢地你會找到生命的藍圖。你可以不必擠進社會的框框，然而你必須為自己負責，創造出自己的天地和遊戲規則。

雖然我不是心理醫生，卻能比一個心理醫生了解你更多，這是我對自己、對人生，都願意敞開的緣故。我是個早產兒，從小體弱多病，讀高中的時候，沒辦法和同學玩籃球，因為搶不到球。於是我自己去買了一顆球，不能在場地裡玩，便站在籃框後面定點投球。不料同學們覺得這樣也很好玩，紛紛站到籃框後面投球。這件事給了我一個啟示，既然我沒辦法參與別人的遊戲規則，反之，我就可以創造一個自己的遊戲規則。

過去已經過去了，當你在這裡時，就不在過去了。不要老是說自己受了過去什麼樣的影響，那是騙人的，看再多的心理醫生都沒用，只是依賴一套解釋，不準備行動而已。真正要行動的人，不會去聽別人講那麼多話。」

女人的生命不只用來取悅別人

陳老師注視著另一位新朋友，笑著說：「再來是這位不知道名字，很美麗的歐巴桑。」

桂梅有點害羞地說，自己只是來看看陳老師，她一直覺得人生是愉快的，對很多課程感興趣並且想去了解，本身倒沒有什麼困擾或問題。

陳老師笑道：「現代的女性很有生命力，年輕時當職業婦女，還要照顧一家老小，兒女大了，也不放棄追尋生命的真相。還好，今天在場的男士比較多，以往經常只有一、二位。男性早年都在外面闖，到老來只想守著電視守著妳，可是女人雖然年紀大了，仍想到外面的世界尋求認同，認識自己。這也是我父母現在的情況。我父親會要求母親留在家裡陪他看電視，我母親的回應是：『以前我除了賣水果還要帶小孩，你都在哪裡？現在你老了，外面沒有舞台，才要我在家裡陪你？算啥？』所以，我要呼籲守著電視的老男人們再度出征吧！這一次征服自己的內在！」

今晚英代和一位慧中而秀色，看來內外勻稱的女子同來，一經介紹，原來是英代的弟妹。

好奇的陳老師笑著問道：「剛才進門就發現鞋櫃裡有雙透明的鞋子，很漂亮，是妳的嗎？」

這位美麗的女子承認之後，開始介紹自己：「我是莉惠，現在身為人妻、人母，在這些角色裡，我同樣地會要求完美，可是當我全心付出，卻從別人的反應裡碰壁時，就很容易沮喪，抗壓性也比較差。在為別人奉獻或多愛自己一點這兩者之間，我時常無法

取得平衡。有時想多愛自己，卻又覺得很不安心。像眼前我來到這裡，就會不放心家裡，也有點覺得被困在家裡。」

「然而妳必須愛自己，才不會覺得被困住。」陳老師意有所指地說，「如果想藉由取悅別人來取得平衡，那是不可能的。女人很容易去取悅另一半，我不是說這是錯誤的，而是指平衡不是透過取悅而來。我們不能把自己的快樂或價值，建立在取悅別人上面，因為別人是否高興，還要看其他因素的影響。當妳真的懂得愛自己，那個平衡點自然會出現。這樣即使別人由於某些原因，疏忽或拒絕妳的付出時，妳也不會受傷，因為妳的愛不是等待別人點頭的愛，妳的愛在發出之前就已經完成了，妳已經先愛過自己了。」

英代也加入談話，輕聲細語地問：「能不能請老師再講細一點？」

「講細一點？那就要請莉惠多講一些。」

允許心靈舞台空空如也

英代舉了一個例子：「比如我們在現實生活中，還是不免『河東獅吼』，不免把自己的不悅怪到別人身上。很多事情都知道，還是做不到。」

陳老師直接地說：「這表示妳的注意力還是在別人身上。愛是一種流動的心境，不是尋伺的服從。」

英代急著分辯：「可是我愛對方，就會希望他心情愉快呀！」

「那我問妳，現在這麼不景氣的社會，兩岸關係那麼糟，公司一間一間倒閉，如果妳的另一半受到波及，妳想讓他心情愉快，那是可能的嗎？當我們服從社會規範，以為個人價值就是從這邊建立，一切都要靠外在或別人來肯定，這個時候，妳想取悅他是那麼容易的嗎？

當妳沒能認識自己，不管是關係或工作，妳擁有的一切都是別人給妳的，妳怎麼可能有安全感？妳怎麼可能心平氣和呢？不是叫妳不要抱著希望，而是去看看，如果世界是這個樣子，我們還剩下什麼呢？」

英代叫道：「還有很多東西呀！」

陳老師換個說法：「如果世界末日來到，妳還剩下什麼呢？」

「剩下生命。」英代有些遲疑。

「那什麼是生命？如果生命是妳這個個體，個體會生會死，那妳還剩下什麼？」

英代疊聲地說：「對、對、對……」隨即陷入沉思。

陳老師直視英代：「妳必須像這樣一直追究到問題的核心，才不會被外面的影響所擺佈。妳們踏出家庭來上課，是要來了解、貼近自己的生命。人生來這一遭究竟是怎麼一回事？經歷女兒、妻子、母親等等的角色之後，該盡的本分也盡了，人生接下去會是什麼呢？今天就算妳的老公很聽話，社會又安定，世界也和平了，或者就算活在人間淨土好了，搞不好妳還會覺得無聊，這就是人性，人的心就是這麼麻煩。所以還好有這些苦樂差半的落差和衝突，才讓妳覺得每天過得很充實，得以反思。」

英代囁嚅著：「可是我們還是需要做些功課……」

「妳一直是個無事忙、自說自話的好人，拼命想去滿足別人的需要，妳的舞台總有許多角色和聲音出現。」

英代的口氣充滿疑惑：「如果我能夠給一些東西的話，那未嘗不是好事啊！因為我們的社會很貧瘠呀！」

「沒錯，這樣是很好。」陳老師笑著說。

「可是當別人不需要妳的時候，妳的心也能夠靜下來，允許心靈的舞台上空空如也，不上演任何劇情嗎？沒有事的時候，可以享受清閒呀！生命苦短，不要做假動作。真實地做妳自己，別人需要妳的愛就給，若不需要，愛也不會消失，何來落空、傷心呢？愛和操控、支配都無關，愛是流動、敞開的。嚴格講起來，愛不會傷人。如果愛會傷人，其中必然包含著恐懼和要求。那我們為何都對別人有要求呢？這是因為自己也不完整，才想藉別人來填補自己的欠缺。其實人人皆如此，這是個無端的循環。」陳老師以手畫圓，悄聲說。

接著老師又說：「如果妳把這個社會、把別人看得很巨大，這樣的心當然靜不下來，妳會焦慮，會恐懼，怎麼可能允許意識的舞台空無一物呢？人非要落得像蠟燭兩頭燃燒，照亮別人，蠟炬成灰，才能感覺自己的存在嗎？這樣妳能忙多久？能取悅別人多久？」

英代哈哈大笑，「我很想回答說：要忙到斷氣的時候。」

「嗯，標準『馬革裹屍』『戰死沙場』的類型！」老師一臉肅然起敬，「何不迴光返照，照見自己呢？」

然後老師轉向典正，殷勤推薦英代：「余老闆哪！這種人應該馬上聘請到貴公司！」

大家笑了一陣。

一瞬間的平靜

「壓力最大的老闆，你還在？」陳老師把注意力轉向典正，「雖然我沒有經營大事業，但是能感同身受。你是個認真又苦幹的男人，根留台灣，拼經濟的就是你這種人。希望這個課程對你有幫助，如果有什麼問題請提出來。」

典正沉思了一會兒，淡然地說：「其實有時候，我只想求得一瞬間的平靜。」

陳老師嘆了一口氣，「聽到這句話，就知道你大部分的時間裡，都是不平靜的。」

典正苦笑著說：「下午三點的時候，我人還在警察局，剛才才離開。目前我只能盡力去面對每天會碰上的問題。也許老師平靜的瞬間比較長，我的瞬間比較短，能夠有一

瞬間的平靜，我就覺得很舒服了。」

陳老師沈吟著：「典正大半輩子這麼打拼，沒有做過什麼壞事，用女性的眼光來看，不喝、不嫖、不賭，對員工又有責任感，也認同所有社會主流的價值，這不是很完美的好男人嗎？對不對？他做錯了什麼？讓他只渴望有一瞬間的平靜？我想問典正，從你年輕創業，事業有成，到現在景氣不好，你對打拼事業或所謂成功有什麼看法呢？」

「對我來說，沒有什麼最好或是最壞，我目前並沒有比以前差，景氣好也不覺得過得好，那就像樂章的旋律，音符不停地跳動著。不過現在卻覺得，休止符也很好啊！」大家聽到這裡，都笑了，沒想到典正在苦中仍能作樂。

繼而典正又說：「對我來講，已經沒有回頭路好走了。即使休止符，也不是自己能做主的，否則我可以一筆寫下休止符，好好休息。當下能有一瞬間的平靜，就很享受了。其他也不是苦不苦的問題，就像老師說的，我們都在社會的規範裡面。我並非不想走自己的路，而是很多事，已經不是我能夠決定了。」

陳老師點點頭，「我了解，就像你今天能不能來，都不是你能決定的事。」

典正笑著說：「對，因為警察不讓我走就來不了。離開時我看還有十分鐘，隨便買罐牛奶就趕到這裡。來這裡，不管有沒有講話，對我都是一種享受，至少可以什麼都不去管。眼前就是一個可以安心的空間，這樣就很舒服了。」

陳老師很感動地說：「即使他的回應稍微不對題，我們還是聽到了他的心情。我們聽一個人講話，不只聽事件、八卦而已，還要去聽那個味道和感觸，他的心聲不見得在字句中。一個人是否痛苦或快樂，不只從他講的話來了解，如果我們能這樣覺察，這樣認識自己，待人接物就沒有那麼多的誤差，也懂得怎麼去愛人了。所以你們會看戲，會聽話了嗎？聽別人講話，同時看見自己原始的感覺，才會知道你要走的是什麼樣的人生。」

夜風吹進屋裡，紗門上的竹風鈴叮叮咚咚地響。

陳老師望了典正一會兒，然後說：「不管將來你的事業是否能持續，只要沒有入獄，希望你都能來上課，好嗎？如果被關了，記得寫封信來，我們好寄錄音帶給你，或是去探望你。」

他做錯了什麼？

典正平靜地說：「對我來講，明天會走到哪一步，已經沒有關係了。」

陳老師嘆息：「啊！如果是女人，一定不會這樣講。男人這種理性背後是頗有感觸的，只是他不讓真實的感覺流露。只能告訴自己，沒有關係，我既不偷又不搶，人生走到這裡，會怎麼樣就怎麼樣，休止符也不是我能決定的。所以女人也需要了解，男人和女人是不同的。不是說男女不同，所以無法溝通，而是得知道兩性如何講話、如何反應，才有交集。」

每次上課都卡在那裡，面紅耳赤的肯顯得有些激動，「當我聽到典正講的話，有點想哭。他一輩子奉公守法，愛家、愛員工，把生命的每一分力量，投注在他認為應該做的事情上面，他做錯了什麼？要得到一刻的平靜，竟那麼困難！當我聽到這裡，心裡實在很悲傷。」

陳老師說：「我刻意問典正，從他創業到現在，對自己的一生有什麼看法？其實是希望大家對此有所深思：我們都要求男人要成功、負責，打拼出一些成績，這樣女人嫁給你才有幸福，對不對？這是男女之間很原始的觀念和取捨。男人也會要求自己認同、達到，不過這些或許是別人眼中的成功，你真正想要的是什麼呢？事業和婚姻都是一門大學問，所謂成功人士，有多久沒和家人相處、和自己獨處了？不只生活的內容，我們也決定了自己的心智模式，不自覺的話，我們還會全推給外在環境，所以才說『人在江湖，身不由已』，不是嗎？問題是江湖何其小小，身為江湖人，為什麼從不問江湖怎麼來的？

有一個笑話說某位上校營長退役了，在家裡還要早晚吹號點名，一家子人的開銷都需經他批准。我爸爸現在看電視，只要看到泛綠便拍手叫好，看到泛藍就罵那是壞人，有人反之亦然。可是人的好壞可以用政黨的顏色來判斷嗎？他年輕時並不是這麼粗糙啊！只能說經過歲月的滄桑，多數慾望不得滿足，又沒及時擴充視野，人磨損到最後，只能把認知簡化為黑的、白的、好的、壞的。要注意哦！人年輕時不意識、不覺察、不成長，靠著一套想當然耳的價值觀行走，在社會舞台上能玩的籌碼玩光了，當社會不需要你，退休了，你看看這個下場！這時

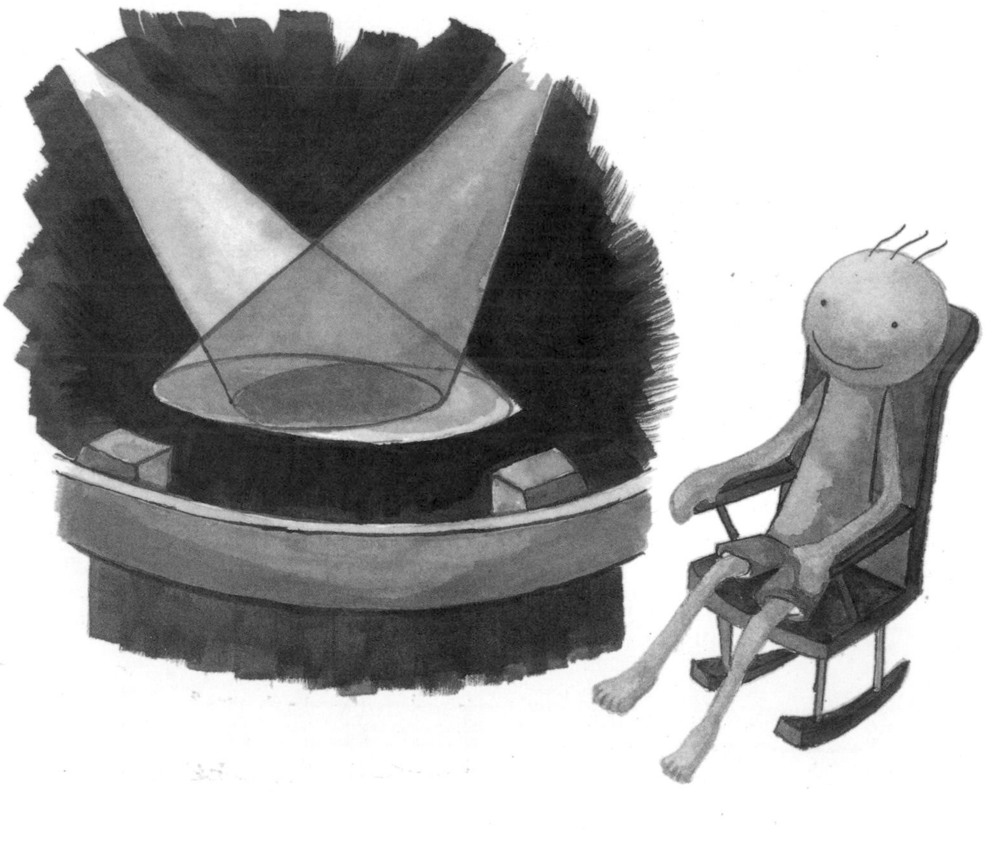

男人會發現失去了一切，小孩往外跑，連老婆也跑去學習心靈課程或加入慈濟，不會在家陪著你哦！因此我才強調男人也要有女人的特質，剛柔相濟嘛！才不致在失去事業時，生命也沒了重心。古人說：『一陰一陽之謂道』嘛！」

陳老師又邀請典正參加人生禪每兩個月舉辦一次的身心靈整合工作坊，「來吶喊、崩潰一下，也讓我們愛你一下。這是你太太無法提供的，因為對她來講，你崩潰就代表一個家也崩潰了，也許你回到家是很緊張的。所有的女人都希望男人是一條龍，飛龍在天，對不對？所以要完整地透視生命的這些歷程，在其中得到領悟和洞見，明白生命的真相不在個體的得失榮辱裡。希望各位都當個有智慧、成熟、敞開的人，不只是一個男人或女人，好嗎？

如果你當真入獄了，不妨趁這個機會，好好去參究『我是誰』？因為在我們死亡的時候，必須對這個問題交出答案。當你知道你是誰，死不死都是另一回事了，甚至可以說並沒有死亡。若不清楚，不管這輩子做了多少豐功偉業都沒有用。生死大事不只是事業垮了才要問，而是每個當下都要問自己的，因為當下就是永恒的變化。即使事業成功，配偶、子女都很好，這輩子該做的事都做成了，也只是一時的榮景，只是角色擔任的戲分而已，你還是不知道自己是誰啊？當死亡來臨時，才覺得身心分離、四大崩解好恐怖啊！才發現人原來孤獨地生，也孤獨地死，啥都帶不走，這時你怎麼辦呢？」

這時，陳老師注意到一些異狀：「瑪蒂妮，妳怎麼啦？」

剛好大家都是傻瓜，這才叫無明

「剛才聽典正說話，」瑪蒂妮哽咽地說，「我非常感動，也很難過。我有個男朋友，我也是用女人的需要在要求他，當他不行的時候，我對他的愛也會削弱。現在透過典正，我好像可以理解男友的感受了。我也很難過為什麼自己不獨立？身為一個女人，我有這麼多的恐懼，得去依賴一個男人，真可悲！這些害怕讓我沒辦法真正去愛他。」

陳老師嘆道：「對呀！沒錯。恐懼會讓妳沒辦法去愛人。他必須有用，妳才有安全感，才敢愛他。誰不是呢？可是人只能這樣嗎？」

瑪蒂妮哭泣不止，陳老師突然開起玩笑：「妳回去不妨對他說：『親愛的，就算你沒有用，我還是愛你的，我會保護你！』我保證他不敢沒有用，而且會更愛妳。因為男人已經被催眠、被物化了，在各方面都不敢沒有用的。」這番話令瑪蒂妮愁眉立展，大家也笑歪了。

瑪蒂妮破涕為笑，「我現在知道了，即使他沒有用，也沒有關係，因為我有自己啊！」

陳老師笑道：「聰明！如果妳做自己，你們的愛將會很平等，很平衡。這種愛會有很多空間，會是分享和流動，而不是緊張與依賴。愛不會消失，除非那是條件。當妳完整，妳的愛才是真的。如果妳的愛有欠缺、有恐懼、需要別人填補，只有傻瓜才會被哄得暈頭轉向。很可憐的，剛好大家都是傻瓜，這才叫無明嘛！上天很厚愛妳，讓妳擁有寫作的才華，這條路可以讓妳完成自己。妳這麼聰明、敏感，可以洞見自己，這就是上天賦予妳的最好財富哦！」

這也是陳老師要教我們的，透過任何方法或問題，進而引導我們了解每個人都是完整的，不是只能病態地依賴某個人。

「如果大家都想依賴別人，都承擔不起，像疊羅漢一樣一個疊一個，那是多大的掙扎與緊張呀！所以說人類的文明真的很『無明』，整個文明的走向是物化的，鼓動人與人之間的競爭，即使並非一己的興趣，也要這樣做。開玩笑地講，有人看到魚兒力爭上游，就變了一個民族救星出來。六○年代大家都說來來來，來台大；去去去，去美國。不會有人說只要你喜歡，當個清道夫也很好。目前的教育改革還是如此，每個家長都害怕孩子在改革當中失去優勢，所以還是要『進補』。以前只補智育，現在是『五育進補』，這下多元教育成了多錢教育，你說台灣社會有改變嗎？」

除了固定反應，我們沒有自己

陳老師又開起瑪蒂妮的玩笑：「唉！妳在這裡上課，心裡還想著男朋友，真是女人耶！」又揶揄典正說：「你不要以為她在同情你，他其實是可憐她的男朋友哪！倒是你的例子對她的男友很有貢獻。」

「不是啦，老師誤解我了！」瑪蒂妮嗔道。

換上一付優雅的表情之後，瑪蒂妮又說：「我覺得典正講話像一首詩，很美。的確，只聽一個人講話和體會對方所經驗的，是有點不一樣。他在講話的同時，我的腦海裡也出現他生活中的畫面，栩栩如生。」

陳老師叫道：「啊呀！妳真是個小說家。」瑪蒂妮一逕傻笑著。

陳老師繼而談到：「現實生活中，同一件事往往有兩面評價，被誤解是很正常的，而且每個人都自認為是導演，對所見所聞有主觀的詮釋，當然也有其恐懼和迷信的部分。

如果有人扭曲你的話，不要生氣，那是必然的。去觀察自己當下如何反應？這種反應又是怎麼來的？要多觀察，有時一部電影看第二次時，會發現有些鏡頭上次漏看了，可能那時你在想其他事，因此視而不見。我們常不知道自己要什麼，還硬要，這算不算一種誤解呢？所以不必為了解釋什麼耗費太多力氣。

嚴格講起來，我們是一部機器，只要按個鈕，反應都是固定的，『功能』也都一樣。我們所擁有的情緒、感覺和認知，都是別人給的，我們沒有自己。包括感覺愛上一個人、想當好一個母親，也是別人輸入的信念。『我』之外即別人，而社會就是別人嘛！人出生以前，別人就存在了，社會就存在了。我們被灌輸要同別人一樣的刻度而活，因而嚴重地逃開了自己，沒有了自己，只好愛別人嘍！所以離婚會痛，變心會痛。

不幸的是，連痛苦也是被同化的。社會給了我們一套標準，說達到了會快樂，達不到就痛苦。問題是哪一刻的感受才是我們自己的呢？除非你有意識地發現這一切全是外來的，人才能開始意識到自己。所以認識自己包括去看你怎麼活著？認識這個環境、社會是怎麼運行的？除了我們不敢不做、不敢沒用的那部分以外，生命還有什麼呢？」

我們都不知道要去哪裡，就已經在車上了

陳老師望著另一位學員，「櫻子，妳要講話嗎？」

櫻子笑著說：「本來我有問題，巧的是老師已經回答了。」

「最近好嗎？」陳老師的口氣有點擔心，「為什麼妳看起來這麼憔悴？」

「最近睡得不好。」櫻子笑得有點勉強，「上禮拜老師要我回去思考怎樣才叫完整？我發現自己卡在家庭不完整的困擾上，心很痛，很遺憾。我自問做得很好了，還要怎麼樣呢？結果我做了一個夢，夢見自己胡亂跳上一部沒看清楚開往何處的公車，在車上也看不到外面。問了司機，才發現那個地方根本不是我要去的。這個夢境和我現實的生活很像。剛才老師談到人生的缺憾，我就意識到從小不完整的原生家庭，已延續到我現在的家庭來了。」

「櫻子是個好學生，」陳老師贊許地說，「給妳一個問題，回去會做功課。妳做的那個夢，不只反映妳的婚姻現況，它還告訴妳生活的真相：妳跳上了一部公車，連站牌都沒有看呢！」

櫻子大叫：「對啊！當我知道車子要到的地方不是我要去的，當場就嚇醒了。」

陳老師搖搖頭，兩手一攤，「我們每個人何嘗不是這樣？我們都不知道要去哪裡，就已經在車上了。從今晚的討論來講，如果妳能完整認識自己，妳的情感和婚姻關係才會健康。外面有那麼多的誘因，生命有那麼多的變化，妳和一個男人結婚，然後維持現狀、有吃有喝的，就叫幸福嗎？讓一切變化變成不能變化，那就是道德、就是法律嗎？所以很多婚約若離開道德、法律來看待，也許能了解他愛上別人，就和他當初愛上妳是一樣的。講老實話，愛情沒有對錯，和道德、法律都無關。敞開一些，不要只想保有妳昏睡的利益。相信嗎？只要妳願意順著這個變化醒過來，妳得到的將遠勝於失去的。」

一夥人沉浸在彼此生命的悲歡裡，渾然不覺夜已漸深。

當陳老師提醒大家已經十點廿五分了，大家才驚叫：「嘩！這麼晚了！」

後記：為什麼你是空的？

課後，阿秀走過來擁抱陳老師，並且納悶地說：「我上過一些老師的課程，當下都會有很多感覺和反應。不知道為什麼，與陳老師相處卻沒有任何感覺產生，這很奇怪？雖然老師講話時表情非常生動，不過老師的內在好像是空的。」

「嗯，我知道。」陳老師笑著說。

城光以為阿秀是與陳老師不相應而沒感覺，急著向她解釋。不料阿秀不以為然地說：「你再講下去，我就有感覺了！」引來最後一陣笑聲。

音樂中的身體雕塑

雕塑中的人格片斷

陳建宇講述／章成整理／吳舜雯定稿

從旅館窗戶望去，
沒什麼人在散步
（因為是星期日，還早）。
遠處，
幾個男孩在沙灘上玩足球。
我看見一隻羊和一隻尾巴翹起的狗，
羊一步一步跟著狗；
最後，試著騎上去。

——羅蘭．巴特的「偶發事件」片斷之一

音樂中的身體雕塑，很甜美

今晚在上課前，歐瑪帶領大家跳舞，她告訴大家：「兩個人一組，請自行配對，我們來玩音樂中的身體雕塑。首先，一個人當雕塑者（主動），就在原地，將擔任人偶或材料的夥伴（被動）擺成任何姿勢。到了第二階段，進入動態的階段時，雕塑者則要引導人偶在場中移動、舞蹈。負責主動的人要注意自己的動作對人偶所產生的牽引作用，而被動的人必須放下自我的意志，完全聽任安排。」

隨著醉人的音樂，大家認真投入身體雕塑的活動，有人一臉陶醉，和搭檔配合無間；有人則手忙腳亂，東碰西撞。不一會兒工夫，大家就汗如雨下了。

三十分鐘的暖身結束後，輪到陳老師登場。

看著大家紅通通的臉蛋，老師明知故問：「有沒有人可以告訴我，剛剛做了什麼活動？」

瑪蒂妮率先發言：「我們剛剛做了音樂中的『身體雕塑』，就是像雕塑家一般，雕塑另一個人的身體，隨著音樂幫對方擺出一些姿勢，並且牽引對方一同舞蹈。」

「在這當中，妳的感受是什麼？」

瑪蒂妮笑顏燦爛，「我覺得很甜美！」

「甜美？」老師臉上滿是疑雲。

感性的瑪蒂妮說：「在現實生活中，我們和別人不見得有機會如此接觸。在身體雕塑的舞蹈過程中，感覺自己對別人充滿善意，對方也對你充滿信賴，無形中隨著音樂建立了一種跨越界限的連結，彷彿兩人一起創造出動靜合宜的舞蹈來了。」

老師很好奇，「那麼妳覺得這樣的活動或是身體雕塑，對妳有所幫助嗎？」男人畢竟比較務實！

「我生性害羞，對陌生人比較有界限，透過這種方法，我可以嘗試和不同的人接觸，跨越原先的界限。」

「妳通過音樂中的身體雕塑來和別人靠近並且接觸，跨越生性害羞的障礙？」

「對！我還體驗到一種信賴，不管是信賴別人或是被人信賴。」

陳老師給了我們一連串的問題：「瑪蒂妮講得很好。可是，為什麼我們必須透過某種方式，才能對人有善意和信賴，才能給出一些愛，表達一種甜美的心理感受？為什麼這種體驗並不是你日常的生活？為什麼在生活中，自己與自己，自己與別人互動時，不是處在這種信賴與甜美之中，這只能是課程裡的某個單元呢？」

當下，我們要鞏固的是什麼？

提出一堆問題後，陳老師巡視全場，等待大家的回應。然而眾人惜言如金，老師只好繼續唱獨角戲。

「我們平常到底給什麼綁住了？這是值得探索的。在人生中，這種甜美的善意和信賴，一樣必須透過某種特定的關係才會出現，比如愛情或者親情。我知道你們很容易在活動中得到一些線索和感懷，然而要更深廣地去探索及質疑。從身體的感受層次，擴充到心智層次、靈性層次。不要僅限於身體某一剎那的解放與自由，這還沒有來到心智層次的思維和綜觀，也還沒來到靈性層次的相應及一體。搞不好你們還會以為這就是在靈修、在修行了喔！我們既然講的是『身心靈整合』，這些都值得去思索，你們了解嗎？會不會講得太深了？」

其實老師的大哉問，是值得我們投入未知去探索的。然而，大家都不敢越頭腦的雷池一步，好像從已知中「解脫」就會空中解體——墜機一樣。

春吉說：「講到這個，我便想到，身體雕塑需要兩個人一組，在挑人的時候，我會害怕和某人同組……」

陳老師哪壺不開偏提哪壺：「你害怕和哪個人一組？」

春吉愣了一下，「我一定要說出來是誰嗎？」老師惡搞，眾人大笑。

春吉正色道：「比如我會挑晶敏，是因為和她比較熟。我常生活在不安全感中，總想要保護自己。我想一般人都是這樣的。」

陳老師一針見血地說：「為什麼你的自我必須有安全感、熟悉感？」

「人有自我，就一定會

有這樣的需要。」

「你為什麼不質疑自我何以存在呢？」陳老師炯炯大眼盯著春吉。

「你必需是安全的，只和熟悉的人進行活動？這個意思是你留了一個窗戶看世界，可是又在上面釘了一個大叉？雖然有時候很渴望跨出去，卻又說這些框限是必要的。最多你只能改變一點內部的擺設罷了。為了安全感做這樣的決定，你的人生就算活到今天為止了，因為再下去也是一樣的。如果你願意投入未知，去面對，去涉險，你的人生才會開始閃閃發光。

所謂的安全感根本不存在，你做的只是在生前，就把自己擺進棺材裡面。我們要去觀看：當下，我們要鞏固的是什麼？是過去嗎？是現在嗎？甚至，我們是誰？我是誰？都值得探索！」

春吉以他一貫的溫和說：「我覺得，是已知的東西把我們限制住了……就是過去的經驗……」

「過去的經驗？」陳老師作勢聳起肩膀，「請問過去的經驗在哪裡？也許是你正想著的，過去的條條框框，可這只是一種意象，而你認同這個意象罷了！就在這個當下，真有其事嗎？所以，怎麼從已知中解脫呢？它不是另一個思考、另一個觀點，而是當下立即的行動！」

「所以，重點是行動？」春吉想得出個結論。

「重點不是行動，」陳老師打翻春吉的算盤，「否則你又會問，要『如何』行動？如果重點是結束現狀，那你又會問『如何』結束現狀？請問，當你在問『如何行動』時，這是在思想，還是在行動？」

「是個思想。」

「對。那什麼叫做立即的行動？」

「就是直接行動。」

陳老師眨眨眼，「不然還有什麼？人必須從過去形成某種結論、形成某種意象，才能行動嗎？那根本是觀念、思想的遊戲。比如你坐久了，腿痠，那可怎麼辦？」

「就伸伸腿。」春吉說。

「對啊！難道你還忍著，在那裡思考『因為坐太久，所以腿酸，那我該不該動一下，問題是腿怎麼才會動呢？』大家要小心啊！思想好像在討論什麼或釐清什麼，實際上什麼都沒有發生。思想只是讓你『覺得』你活著，你在。它玩的是後念追前念的遊戲罷了！狗咬尾巴團團轉！」

生命在毀損的時刻，訴說著什麼？

接下來，陳老師談起一段往事。

「我有個學生叫澤民，他的朋友得了癌症，那是一個癌症末期的女人家，之前在航空公司的票務組工作，老公是退伍的職業軍人。當她檢查出癌症，已是末期，老公就藉故和她離婚，從她生命中一溜煙消失。

由於我平常講人生禪，好像與生死大事有關，所以澤民就請我去看她了。到了病床前，澤民就說：『某某人啊！陳老師來看妳了！』

這個女人躺在被褥裡，乍看好像沒有腳，我還以為她被截肢了。她露骨的臉龐很蒼白，頭上僅剩幾根頭髮，看得出來以往是個美麗的女人。她的兩個小孩就在床邊玩耍，也不知道媽媽就要死了。

她一看見我，就很吃力地在床上喊著：『你們兩個趕快叫老師啊！叫老師！看！她就要死了，還在遵守某種教養、規範。我看了很心疼，就抱住她說：『誰都不知道，妳這口氣下一秒鐘還在不在？現在最重要的是告訴孩子們，媽媽就快要走了！』

每隔一陣子，她就要打一劑止痛嗎啡，講沒幾句話就累得要昏過去，生命就像風中微弱的燭火一般。然而她死前最介意的是，先生在她要死的時候逃掉了，丟下兩個小孩子不管。」

「講這個例子，是要告訴你們什麼呢？」陳老師望著大家，狀似沉思。

「生命在毀損的時刻，訴說著什麼？這時還能鞏固什麼？在活著還有餘力的時候，我們能不能去意識更深刻的事情呢？比如生命浩瀚的本質，而不只是在單一的範圍活著，相信那些條條框框是正確的，是安全的。在生命毀損的時刻，人的意識能不能一步到家，也就是意識看見它自己？不然心智能不能再度成為心靈，認識原味的自己？這都得靠平常無所不至的覺察工夫。」

「看到你們每個禮拜坐在這裡，這是多麼彌足珍貴啊！」陳老師兩手在身前交握，端詳著我們。

「等到再去探望的時候，是在她的靈前了，她短小的身軀已經火化。我們曾經錄了一卷『人死後到哪裡去』的錄音帶給她，她沒有體力聽完，只好一塊兒拿去火化了。當然，她也沒有勇氣和孩子話別。對孩子來講，她算是忽然消失，一溜煙消失，就和她的前夫一般。

聽見這個故事，我們能不能離開一下自己的框框，願意做更多的創造，和別人有更真實的接觸呢？希望各位不要到了臨終，還不知道生命是怎麼一回事？每天只能在自我的假相中看事情！今晚，你們沒有坐在電視機前而來到這裡，代表你們有一定的意願探索，想去『明白』什麼，不只是在恐懼裡同別人搶一塊『肉骨頭』。開句玩笑，男人的肉骨頭叫『成功』，女人的叫『幸福』，其實都是恐懼而已。」

陳老師轉而注視著英代，「為什麼妳的丈夫會變成妳的長官？除了他很權威、好強之外，妳要去反省。反省不是說妳錯了，而是妳要知道為什麼，看見事情的成因。」

英代靦腆地陪笑著。

這時，老師從人群中發現了典正，大叫：「喝！你今天還能坐在這兒？恭禧你，沒被抓去關！來，講講話，我想知道處在這麼大的壓力底下，你會有怎樣的心情？」

被動的木偶和淪落的飛鳥

典正抹抹嘴，「先說身體雕塑這個活動吧！因為我很喜歡被雕塑。」

「你很喜歡被雕塑啊？哈哈！一個老闆的世界末路，覺得有人安排一切比較快活，因為快癱了！」全場笑聲四起，雖然有點心酸。

典正回溯剛才的情形：「起初像木偶被操控時，會有些格格不入。慢慢的，就覺得對方的意識就是我的意識了。」

「你和誰搭配？」陳老師問。

「不管和誰配合都一樣。換對方當材料，我來雕塑的時候，就更舒服了。」

陳老師看著大家：「你們看，同樣的活動會有不同的感受，相同的是基於每個人目前的狀況與需要。」

典正又說：「我在雕塑別人的時候，對方覺得舒服，我也會覺得很高興；如果對方不舒服，我就會想『怎麼辦呢？』漸漸地，兩個人的感受和行動就開始合拍了。那種結合，是人生最美好的一面。當老闆的時候，每天得面對、解決問題，如果能像公務員一樣，每天上了班就等下班，那有多爽快啊！」

陳老師挖苦古荔：「不過，這個小官員可是很辛苦的！」

肯也加入揶揄的行列，愁眉苦臉地說：「每天醒來，就痛苦地想起『唉！又要上班了……』」眾人哈哈大笑。

典正笑道：「我喜歡當木頭人，可以閉著眼睛，又不用停在那裡，自然有人會去引動。」

老師深以為然：「是啊！我了解。」

典正閒適地靠著牆，身體微微搖晃，「這當中有一種律動，你愈相信它就愈流暢。」「我們來點跳躍思考，」老師環視周遭，「當一個人愈有主體性，他愈不在乎誰來開車子。只要能到達目的地，他都接受。所謂的主體性，就是你清楚你要的，它是合乎一群人利益的事，只要有人樂於參與，你隨時願意調整位置整合資源，因為你已經脫離自我利益的中心，那麼團體的命運就會不一樣了。舉例來說，當你是一個有主體性的母親，孩子就會在妳那裡得到他自己的成長，事實上，妳正在引導他們走向一個目前還無法看見的未來。不是他們煞有介事聽妳的，妳才有安全感，妳不需要操控，那個層次完全不一樣。好，典正，你繼續講吧！」

典正仰起頭，注視掛在牆上的巨幅《十隻鳥》＊：「我每次來這兒，看到這首《十隻鳥》，都希望自己是鳥四（跟著死亡飛）。那一定很美。不過，我目前是在鳥五（天羅之／地網之／風乾之／雨淋之）和鳥六（不擔心／明天的糧食）之間徘徊，哈哈哈……」

「典正是一個有行動，有表達和思辨能力的人。我無法以成敗論英雄！」說完，老師長聲嘆息。

「肯，我要告訴你，當一個老師至少要有這三種能力。當然，明白生命是怎麼一回事，也就是有中觀正見和空慧，那是更好的了。在社會上，要成為一個有主體性的人，都要具備行動、表達和思辨等能力。有主體性的人，不會認為必須等到成為某種角色、到達某個階段以後才能行動。這點很重要，我很高興今天有機緣告訴你這些話。」陳老師一向擅於見機說教，肯唯唯稱是。

陳老師問典正：「沒錯，跟著死亡飛很美。可是，你知道死亡在哪裡嗎？有人說死亡就在你的右肩上，你覺得呢？」

典正深吸一口氣，「我曉得它就在我旁邊。倒是我一直努力做不擔心明天糧食的鳥兒，哈哈哈！我現在的心境是鳥七（內在之聲，淡／淡出鳥來／一種光之飛翔）。」

「我們可以從這邊講起，」陳老師很高興有人能談得如此切身，「每個人從生到死，都有生存的恐懼。小時候父母養你，現在你養小孩、養員工，甚至很多女人找老公，也是為了一張穩固的長期飯票。你們有沒有發現，文明社會也是這樣一個恐懼的結構？這代表我們終其一生都有生存的恐懼，如果這種恐懼是你思索事物的立足點，那麼人生就會被你窄化為一個求生存的舉動了。於是對你來講，相關於這個主題的事才是有用的，甚至才是道德的。這就是為什麼《新約》要講『不擔心明天的糧食』？因為這是一個人從生物層次的生存，和心智層次的恐懼，轉為靈性層次一體和諧的關鍵。」

然而，我們什麼時候才會變成一個有主體性的人呢？

「當你能不被生存的恐懼所左右，不是片片斷斷的人格，而是具有某種永恆當下的一致性（結晶的品質），你才有自由，而自由就是創造性，人的創造來自於主體性的行動。不講大修行人，社會上成功的創業家，都具有某種程度的主體性，都有一定的遠見。你無法否認創業或企業經營都是很大的心智工程，體力、腦力的付出絕非小可。所以不要只在意男朋友聽不聽話，好像他聽話妳才有安全感，他有用妳才有飯吃。不要忘記了，妳也是自己的主人。」後面這段話，像只迴力球，彈回來敲在瑪蒂妮頭上。

「至於修行，古有名言，非帝王將相所能為。」接著，老師的眼光穿越眾人，又回到典正的身上，「那麼，你每天都跟著死亡飛嘍？」

「這是我內心希望的情境。在現實環境上，我是鳥五（天羅之／地網之／風乾之／雨淋之）。我想，一個easy的人，應該十隻鳥的體會都有吧！」

陳老師指著自己的頭和身體，「看！我們心智的活動和身體的奔波勞苦，無非是為了擔心明天的糧食。當你覺察到了，讓內在之聲來來去去，只是照見而已，一個淡字，不做任何處置，一處置即是病上加病，慢慢地淡出一種光之飛翔來。光之飛翔指的是你就有了自由、成熟與創造，沒有我與非我的劃分。鳥七指涉的不僅是一種滄海桑田之後的放棄。『淡出鳥來』語似輕佻，也正是照見之後的幽默、嘲弄。」典正似有領會，笑吟吟地點頭。

身體雕塑中的性別性能量

然後老師問肯：「對於身體雕塑，你有什麼話要說？」

肯抓著身體，似有微汗，「被支配的時候是滿陶醉的，雕塑別人時就沒那麼自在了。」

「為什麼？」

「我會考慮對方很多的感受。」

「之前和你配對的是女性嗎？」

「不全是性別的因素啦……」剛才肯與英代一組。

「那還有什麼？」

「比方說，當我想要英代這樣子動，結果她沒有接收到訊息，我就會趕快換個方向或動作配合她。」

老師問道：「這會讓你心情浮動嗎？你想要到達一個美好的狀態嗎？」

「只是這邊走不通，就換另一邊試試看。」

「聽起來，好像你希望一切都很好，實際情況卻常常出岔，你是這個意思嗎？」

「沒有到這個程度啦！」肯沈默了一會兒，「這可能是來自於我和對方的比較。當我被帶領時，覺得自己比較順服、流暢；輪到我要帶領別人，有時會不確定是否帶得動？」

「這帶給你什麼樣的心情？」

肯沒能意會老師的問題，「我就換個方式試試看。」

老師急道：「不不不，如果你真的這麼理性，這麼願意嘗試，不會透露出這樣的心情。而且，有一些人本來就比較容易臣服，有些人不喜歡被控制，這都是正常的，必然會有這些落差。可是你的話聽起來，好像這裡面有『你』希望建立的形象或感覺，比方說你是『可以』的，你不允許自己是失敗的。是這樣子嗎？還是我過度投射了？」

典正也說：「我聽到一種感覺。肯覺得被雕塑時，是很easy的；在雕塑別人時，對方不夠easy。」

「嗯！」陳老師放下茶杯，「這樣會造成什麼樣的影響呢？你會得到什麼樣的情緒？我們能夠直接看見嗎？是否你在其中掙扎，想讓事情變成你更喜歡的方式，還是你希望對方和你一樣臣服，才覺得公平？我希望透過音樂中的身體雕塑，讓每個人都有照見自己的機會。再者，因為肯是個治療師，照見自己的機會應該更多於照見別人。我一直覺得肯是有些自我緊縮和掙扎的跡象，從他的身口意當中顯現出這樣的氣味來。這些問題都很小啦！只要看見它，進而接受它，就可以擺平了。」

肯覺得老師過度引申了：「我只是淡淡的感覺，英代穿裙子，有些移動會不方便，沒辦法那麼流暢，就是一些男女的界限嘛！如果和男生一組，可以碰的部分就多一點，就這樣而已啊！」

「那不正如我一開始講的，畢竟還是性別的因素嘍！性別是你一條敏感的神經嗎？」

肯急忙解釋：「男生對女生，當然得有某種行為上的界限啦！我在治療的工作上也是如此，哪個地方不能碰，或是可以碰到什麼程度……」

「重點不是碰，重點是念頭。」

「沒有什麼念頭啦！該怎麼做就怎麼做，沒有念頭啦！」

「你可以有任何念頭，」陳老師正視著肯，「只是你要誠實接受！當然，如果你堅持沒有任何念頭，那很好。不過如果有人很認同身體、性別，因此有一些能量的躁動，

也不必隱諱或拒絕它的出現。其實，它下一個剎那就消失了，沒必要讓它成為你無法流暢的原因。

任何人都會有賞心悅目、想入非非的一剎那，這是很正常的。你看晶敏為什麼做得很快樂？因為她性能量很充沛，她很願意給出，她也不覺得被佔便宜了。她還知道這種接觸給人家的感受是快樂的。」

晶敏彷彿還在身體雕塑的氛圍中，喜孜孜的，不發一語。

陳老師強調：「我們到底在哪些地方不能接受自己，哪些地方從來不允許自己去滿足，以致於變成一個問題？所謂的覺察是這樣喔！男人有性幻想，女人也有啊！這是很正常的。可是這會變成一個問題嗎？如果會就該去注意了。其實性能量滿可愛的，並不等於性行為、性騷擾和性侵害。花朵的開放就是性能量的開放。你沒看見很多門徒一看到上師的時刻，那種激動、神醉的模樣，那是性能量很大的昇華哩！為什麼上師會有這種魅力？因為他很easy、活得很自在啊！他沒有界限，任何狀態、任何發生他都接受，不做道德批判。我們是不是也能接受負面的自己呢？希望肯能夠聽得懂。從此沒有那種自我緊縮或能量中斷的現象。」

你怎麼講話都那麼曖昧？

老師轉向下一位：「城光，你一定很喜歡音樂中的身體雕塑吧！」

城光用喜悅溫軟的口氣，細聲地說：「我最先是和英代做的。」

老師笑道：「你怎麼講話都那麼曖昧？你和誰『做』了什麼呀！」

城光順著老師的玩笑回答：「做愛做的事嘛！」

「你不是和瑪蒂妮一組嗎？」

「我第一次是和英代，第二次才是和瑪蒂妮做的啦！」

老師模仿城光那種爽到了的聲調：「我兩個都做了啦……」

大家捧腹絕倒，包括兩位和城光搭配的女生。

老師指著瑪蒂妮說：「你們看，她是接受城光的喔！她接受他的心境和他的愛。城光那種語氣，每次都讓人想入非非，可是這裡沒有人會罵他登徒子。這裡的人比肯想像的還要敞開喔！」

城光搖頭晃腦地說：「和英代一組的時候很好玩，因為她的身體很軟……」

典正笑道：「對啊！我看到英代很陶醉呢！」

「和瑪蒂妮一組的時候……」

城光還沒說完，老師忍不住又提醒肯：「你看城光的語氣和表情，他在當下是享受的。不管人家說他高還是低，I don't care！他是不在乎的。你要學他這點。接受一切，不隱諱也不壓抑。」

城光又出驚人之語：「我和瑪蒂妮做的時候，感覺很多的性能量湧現出來喔！」

「啊！」老師故做困擾狀，「那可怎麼辦？萬一人家瑪蒂妮知道了，會不會瞪你一眼、踹你一腳？性能量都出來了，你怎麼處理呀？」

「不用處理啊！」

「不用處理？那麼性能量會怎麼樣？會自己走掉？還是順著它，身體自然會衍生出更美好的觸角和柔軟度？」

「對呀！」城光柔聲柔氣地說。

老師學著城光的語氣，模擬城光的內心獨白：「你看，一切都在變化當中嘛！變化自己會處理它的，幹嘛一個自我在裡面，把它們累積起來，說它們無法得到滿足？變成一條隨時會爆開又不能不控制的敏感神經呢？」

老師恢復他沙啞的嗓音說：「所以，這種事情很簡單，信任能量就得了！」

城光笑道：「等到我被雕塑的時候，就統統隨她啦！」

老師邊笑邊搖頭，「城光怎麼講都會是那種曖昧的味道！重點是他很享受自己的身體，肯只要學會這個，讓頭腦歸頭腦，身體歸身體，能量就會得到很好的轉化。」

城光繼續說：「當我在做身體雕塑時，有時會發現一條界限。如果不因此打退堂鼓或做出防衛性動作，接著就會發現，其實人我之間並沒有界限呀！」

老師呼喚一個人：「晶敏，這段話妳要聽啊！這可以用在妳的做事上面。看到界限時，不要以為界限就在那邊。」

城光把心得描述得更清楚，手勢也多了起來：「隨順每個變化，別管那個是什麼念頭。念頭來了，會有個聲音說那是什麼，只要不去認定、分別什麼，繼續動作就對了。不必掙扎說：『啊呀！這是什麼？我不要！唉唷！我怎麼可以……』」

城光一臉「神醉」的樣子，惹得笑聲此起彼落。

老師促狎地說：「你到底對人家怎樣了啊！」眾人笑倒。

城光覺得，透過身體雕塑，不管是他自己認定的，或社會加諸於他的框架，他都看見了。

「看到的時候，不是讓我去自責或僵在那裡，而是讓我知道：喔！原來沒有這回事！」

聽見城光的體會，老師面露喜色，「你是說，那時候可以發生一場戰爭，也可以和平收場嗎？哈哈哈……戰爭或和平由你決定。」

典正笑著說：「聽城光這樣講，好像我的束縛也沒有了。」

老師邀請尚未表達意見的學員發言，結果幾位學員倉皇地搖手，於是老師笑著說：

「現今的社會，不表達就不存在喔！」

我很想玩，但是我很緊

「瑪蒂妮，妳和城光一組，有這樣的經歷和觀照嗎？」陳老師問。

瑪蒂妮甜甜地說：「我覺得被他做的時候，比較舒服……」

老師又開起玩笑：「喂！要講清楚，是做音樂中的身體雕塑！不然以後錄音帶整理出來，會被誤會啊！」

「城光滿有創意的，會把我的身體彎成各種姿勢。」

「這點，我就要問問城光了。你是把瑪蒂妮當人偶，搞你想玩的，不管對方呢？還是有一種童年的樂趣出現，當她是玩偶呢？」

「玩偶。」城光說。

「後來歐瑪下指令，要大家帶著自己的木偶跳舞。可是城光沒聽到，繼續把我扳成奇怪的姿勢，比如把我的手舉到嘴巴裡……」瑪蒂妮比了一個把美女弄成白痴的姿勢，大家爆笑不已。

老師也笑道：「這算ＳＭ嗎？」

「輪到城光當木偶的時候……」

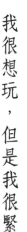

老師打斷瑪蒂妮：「妳不會想要報復一下，拿他的手塞屁眼嗎？」

「可能是他很接受自己吧！我看他很舒服的樣子，就放棄報復了，並且隨著音樂來變化……」

陳老師忽然作勢對著空中呼喚：「小石頭，小心啊！再不來上課，女朋友要被追走了！」

「剛才談到男性會顧忌女性身體的界限，」瑪蒂妮說，「可是在這種活動中，如果你很自然，別人也會覺得自然。除非你有侵犯的念頭，也就是說你只有過去的經驗，不在當下，不然你的手放在哪裡，應該都不會被認為是侵犯。」

「是啊！能量永遠先於頭腦。」陳老師說。

接下來輪到古荔了。

古荔緩緩地說：「其實我很想玩，但是我很緊。」

「緊是什麼意思？」

「因為我撐柺杖，怕摔跤。不過，那個能量和音樂會讓我想要放鬆自己。」

「妳現在表達會不會緊？妳的緊不僅來自身體，妳的心智也是緊的。」

古荔尚未回答，陳老師又說：「她都有一定的節奏、一定的語氣和一定的認知。我常故意要戳破她的規格——她心智上的緊，這樣是不是太粗魯了？呵呵！要不然，我每次一聽她講話，就會被催眠，進入她的世界……」老師模仿古荔平素的優雅形象。

笑聲中，老師忽而正色道：「你們看，從一個人的表達，就可以發現她是怎麼活著的，很明顯。我們要學會這樣的觀察，在職場上和關係中都會有用處。你一眼就可以知道他在什麼狀態，有什麼認知。好，現在輪到最後一位，晶敏。」

當我有自信的時候，比較容易給出

「我和春吉一組。」晶敏笑著，「我覺得，配合別人容易，要讓別人配合比較困難。」

「為什麼？」

「當我想要對方做出一些動作，對他來說有困難時，我就會停下來。」

老師擠眉弄眼地說：「妳可以踹他呀！他有屁股吧？」眾人哈哈大笑。

老師接著說：「只要對方配合的意願沒那麼強，不太想遵從，晶敏就會算了。所以，晶敏會覺得自己的意志一直得不到伸張，她又很氣，因為她有那種戰士原型，可是從來不敢真正站出來，導致事情變得很複雜。」

「對！」春吉大表贊同，「我在帶她的時候很順暢；她在帶領我的時候，似乎有很多顧慮。」

晶敏笑道：「我很容易同人家合拍，也比較容易隨順別人而調整。」

陳老師遂直搗黃龍，「也就是說，妳做事情常會因為別人的介入，就變成配合別人，然後妳也就不用站出來了？」

晶敏自動與老師合拍說：「嗯，就不用負責了。」

「對呀！這是妳在做學舍時最要留心的；否則一樁美事也會變成壞事。」

這時，陳老師又以對晶敏的觀察來提醒英代：「多意識到別人，妳的腦筋就不會那麼直，可是這並非圓滑。」

英代若有所感地說：「在做事上我可以做得很『圓滑』，做人就是沒辦法。」

老師開玩笑地說：「對於義憤填膺的人，我們必須給她一頓毒打，她才會『圓滑』。下一次請妳多表達一些。」

「後來我和英代一組，身體雕塑、舞蹈……」晶敏說。

老師又跳針了，忽然轉頭對肯說：「性能量是沒有性別的，你毋需以性別角色來看待性能量。這樣，你的問題才容易跨越。」老師講完，又請晶敏繼續。

「基於我平常對英代的印象，她都把事情弄得井井有條，我……」

陳老師突發奇想：「所以，妳就叫她倒立啊！」眾人拍手大笑。

晶敏也笑著說：「我覺得英代需要的是放鬆，就先撫摸她的身體，然後慢慢的引導她移動，最後讓雙手回到心口，休息一下。換英代引導我的時候，一開始我的肌肉有點繃緊。當她調整我的手指頭時，我沒辦法固定在她所要的形式裡。我很訝異，因為我對身體的柔軟度及肢體語言一向很有自信。」

陳老師丟出問題：「這樣的過程帶給妳什麼？」

「我覺得比較容易給出——當我有自信的時候。」

「那，這個自信就很可疑了。」老師從這句話裡挑出一根骨頭來，「以城光為例，只要講到身體這一類的事情，聽起來總是很可口，講到理性思辨的，他就覺得很困頓；反之，要肯講一些原始的感覺就有困難，理性思辨他比較擅長。問題是如果人都在他擅長的、需求的地方運作，這樣人生就會變成兩截了：一端是你投入的、熟悉的，一端是你拒絕的、陌生的。而這一切又不是你能控制的，所以你只能『不斷的渴望』趨吉避凶啊！別忘了，人生是跟著死亡飛的！就像小時候，我們害怕黑夜喜歡白天，難道一輩子都要維持這種心境嗎？何況我們活得愈久，死亡的機率就愈來愈高了。換句話說，當你不斷地渴望趨吉避凶的時候，你什麼時候才會成熟自信，才會誠實負責呢？」

發現有人在看錶，陳老師問了時間，「啊！這麼晚了！今天就上到這裡，謝謝各位！」

這場落在晶敏身上的討論斗然而來，戛然而止；逃過了陳老師認真犀利的手術刀，晶敏顯然鬆了一口氣。

＊典正仰頭看見的延吉學舍牆上的〈十隻鳥〉，全詩如下：

鳥一
無極的聆聽者
死亡，葉子離枝？

鳥二
空中
不確定的
心

鳥三
飛翔是主
至少接近　主
許是一種祈禱？

鳥四
跟著死亡
飛

鳥五
天羅之
地網之
風乾之
雨淋之

鳥六
不擔心　明天的糧食

鳥七

內在之聲，淡
淡出鳥來
一種光之飛翔

鳥八

鳥飛過　直覺　反射
天空著　黃昏　黎明

鳥九

飛翔是創造之一
絕非需求之一
飛翔乃是純粹之美
卻不是善之匱乏
準此
鳥
還想還要
能想能要什麼？

鳥十

以色見
以音聲求
貧無棲息之地
另外，有一種癖好
我不告訴你

一九九一年一月三日

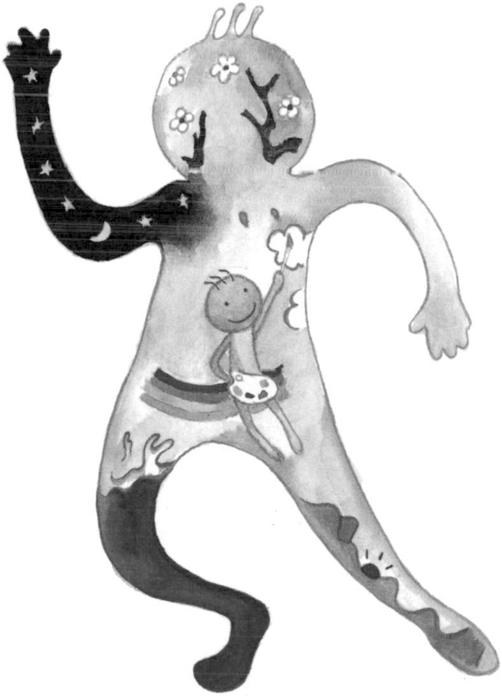

麗江到瀘沽湖畔的八堂課

陳建宇／著　定價350元

長年生活在海島的我們，對雲南這塊百花盛開、多民族的土地，充滿好奇與想像，所以作者帶領我們打雲南走過：一探八百年來沒有城牆的麗江古城，以及迥異於父系體制的女兒國——瀘沽湖。

由於作者，使我們同時看見了外面和內在的世界，經歷了生死與古今，穿越了文明與原始。他那時而平易近人，時而犀利風趣的言行，剎那之間把人昏庸魯鈍的外衣剝掉，讓人活出心靈的自由，免於時間的制約。

本書即是從淡水河到瀘沽湖的新一代旅遊書，也是從遊戲三昧到文字般若的新世紀禪宗史。

牽騎心牛

陳建宇／著　定價300元

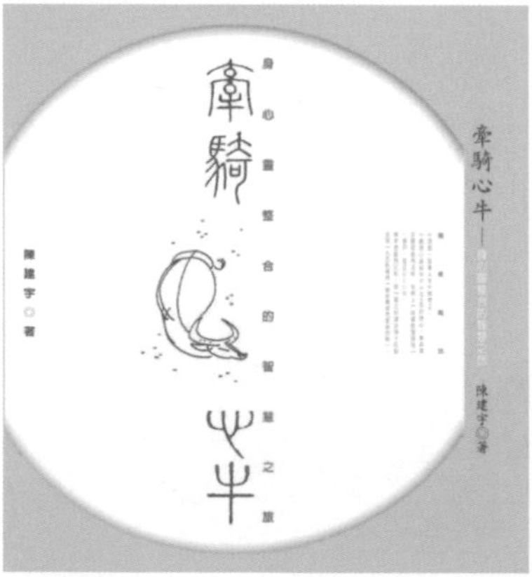

現代文明並未教我們如何獨處，當我們把注意力收回來時，即使只有一剎那，都會讓人感到頓失重心，不知所措。

課堂上，陳老師展現幽默睿智的風貌，深入淺出引領我們進入生命中，重新認識與我們有接觸的人、事、物，洞察人性，了解我們與環境的關係。當我們了解以上的關係、模式時，也會了解到環境並不能控制我，別人並不能使我受傷，我們可以選擇更完整地活著，這時自然沒有恐懼，也能夠給出愛了；而唯一能讓人安心的是愛，那幾乎是真理了。

【智慧生活】

人生禪2005
教師研習系列活動

1.禪式創意教學 2.身體舒壓 3.情緒管理 4.自我觀察 5.教師是誰

開始招生！

1.《禪式創意教學工作坊——從生命中發現創造力》

讓教學成爲有趣的工作
讓學生喜歡上課
讓教育落實啓發生命的眞諦
以流動、快樂、探索的營隊文化，讓老師們充電再出發！

「對周遭的人事物有感覺，是創造力的源頭！」發想六頂思考帽的創造力大師如是說。

面對流動的學生，老師不可能只有一套教學模式，
禪式創意教學工作坊讓老師嘗試如何參究禪的精神，調整自己的心態和行動，
進取地了解學生的特質，契合時代脈動，以取代僵化的教學習慣和經驗；
在教師禪修工作坊中，提供豐富的靜態與動態活動，
使各種教學上的議題、不同的想法互相激盪；
透過禪心與教學資源的交流，鼓舞教學的好奇與樂趣，
啓發老師對教育的大愛，增進對學生的教化功能。

禪式創意教學 — 從生命中發現創造力

如果我是老師，
我希望每一堂課都能挑動師生的心扉，每一堂課都能像在渡假，也會期待每一次上課的鐘聲…
可能嗎？

如果我是學生，
我希望每一堂課都有行雲流水的舒暢，也能有小橋人家的溫馨，同時要有鳥語花香的記憶，我希望能感受整個學期裡春花秋月、夏陽冬雪的節奏…可能嗎？

禪式創意教學工作坊
以活潑的禪修活動
貼近個人教學工作之困境
引發深入探究自己的動力

藉由明心見性，為自己製做一個探照燈，隨時偵測你的情緒指數；
運用各種自製的法寶介紹你這一堂課；
以及用表演箱抽抽看今天演什麼，而且演什麼像什麼；
佈置一個資源再利用的道具教室，看看老師變出花樣來；
還可以運用魔法便利貼隨時改變心情，隨時給自己一個笑臉…

教師禪修工作坊系列：

1. 禪式創意教學工作坊
2. 教師身體減壓工作坊
3. 教師情緒管理工作坊
4. 教師自我觀察工作坊
5. 教師生活禪工作坊

葉子出版股份有限公司

讀·者·回·函

感謝您購買本公司出版的書籍。
爲了更接近讀者的想法，出版您想閱讀的書籍，在此需要勞駕您詳細爲我們塡寫回函，您的一份心力，將使我們更加努力！！

1.姓名：__________

2.性別：□男 □女

3.生日／年齡：西元_____年____月____日___歲

4.教育程度：□高中職以下 □專科及大學 □碩士 □博士以上

5.職業別：□學生□服務業□軍警□公教□資訊□傳播□金融□貿易
□製造生產□家管□其他__________

6.購書方式／地點名稱：□書店_____□量販店_____□網路_____□郵購_____
□書展______□其他____

7.如何得知此出版訊息：□媒體_____□書訊_____□書店_____□其他_____

8.購買原因：□喜歡作者□對書籍內容感興趣□生活或工作需要□其他

9.書籍編排：□專業水準□賞心悅目□設計普通□有待加強

10.書籍封面：□非常出色□平凡普通□毫不起眼

11. E—mail：__________________________________

12喜歡哪一類型的書籍：__________________________________

13.月收入：□兩萬到三萬□三到四萬□四到五萬□五萬以上□十萬以上

14.您認為本書定價：□過高□適當□便宜

15.希望本公司出版哪方面的書籍：________________________

16.本公司企劃的書籍分類裡，有哪些書系是您感到興趣的？
□忘憂草（身心靈）□愛麗絲（流行時尚）□紫薇（愛情）□三色堇（財經）
□ 銀杏（飲食健康）□風信子（旅遊文學）□向日葵（青少年）

17.您的寶貴意見：

____

☆塡寫完畢後，可直接寄回（免貼郵票）。
我們將不定期寄發新書資訊，並優先通知您
其他優惠活動，再次感謝您！！

廣 告 回 信
臺灣北區郵政管理局登記證
北 台 字 第 8719 號
免 貼 郵 票

106-□□
台北市新生南路3段88號5樓之6

揚智文化事業股份有限公司 收

□□□-□□
地址： 市縣 鄉鎮市區 路街 段 巷 弄 號 樓
姓名：

Leaves Publishing

書號 L1106 書名 原味覺醒

清點內心的庫藏，
尤其是那些煩惱或困擾的堆積物，
以便你有個自己的空間，
可以放鬆地呼吸，
自由地移動。

1

體現心象指令

當你要到遠方旅行之前，
對於一直牽掛卻無法處理的事情，
請你用身體依次交待或加以順延，
以便你能開始一趟平靜、
解放的心靈之旅。

2

體現心象指令

允許自己
『徜徉』在身、心、靈的世界裡，
SPA一下，
不管別人的譴責，
也沒有一己的罪惡感。

3

體現心象指令

不要被你的『煩惱或困擾』淹沒了，
不要成爲衝突的一部分，
退後幾步看它，
找出你和它的適當『節奏或韻律』。

4

體現心象指令

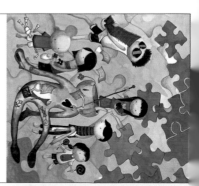

體現心象小語 1

*動作是表達心靈的力量，而這種力量遠超過人的頭腦。
*任何人都必須先經驗動作的探索，才能將動作以不同的方式表達出來。
*動作本身就是一種語言；動作是一個人對自己內在世界的回應，內在世界藉由做（doing）、演（acting）、舞（dancing）表達出來……每一個動作都有它的特質，而這些特質不但與人的個性、氣質相關，也都離不開基本的元素：空間、時間、力量、流動、關係；元素貫穿在我們的生命之中，也和我們的心理狀態相呼應。

體現心象小語 2

*動作是表達心靈的力量，而這種力量遠超過人的頭腦。
*任何人都必須先經驗動作的探索，才能將動作以不同的方式表達出來。
*動作本身就是一種語言；動作是一個人對自己內在世界的回應，內在世界藉由做（doing）、演（acting）、舞（dancing）表達出來……每一個動作都有它的特質，而這些特質不但與人的個性、氣質相關，也都離不開基本的元素：空間、時間、力量、流動、關係；元素貫穿在我們的生命之中，也和我們的心理狀態相呼應。

體現心象小語 3

*動作是表達心靈的力量，而這種力量遠超過人的頭腦。
*任何人都必須先經驗動作的探索，才能將動作以不同的方式表達出來。
*動作本身就是一種語言；動作是一個人對自己內在世界的回應，內在世界藉由做（doing）、演（acting）、舞（dancing）表達出來……每一個動作都有它的特質，而這些特質不但與人的個性、氣質相關，也都離不開基本的元素：空間、時間、力量、流動、關係；元素貫穿在我們的生命之中，也和我們的心理狀態相呼應。

體現心象小語 4

*動作是表達心靈的力量，而這種力量遠超過人的頭腦。
*任何人都必須先經驗動作的探索，才能將動作以不同的方式表達出來。
*動作本身就是一種語言；動作是一個人對自己內在世界的回應，內在世界藉由做（doing）、演（acting）、舞（dancing）表達出來……每一個動作都有它的特質，而這些特質不但與人的個性、氣質相關，也都離不開基本的元素：空間、時間、力量、流動、關係；元素貫穿在我們的生命之中，也和我們的心理狀態相呼應。

『卸下』你肩膀上的重擔，
一件一件地把它卸下來，
逐一檢視，
擱到一旁去。

體現心象指令 5

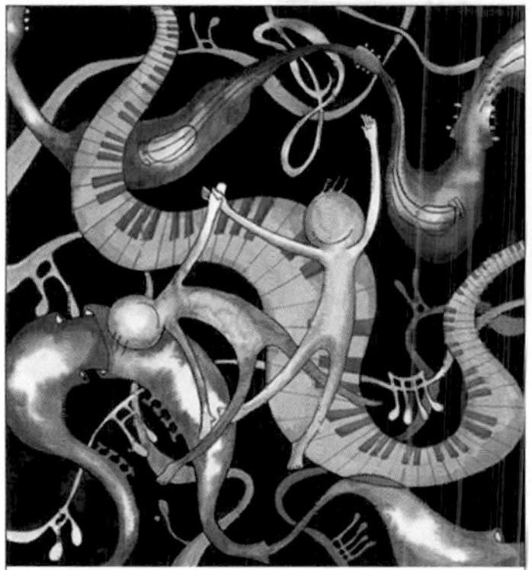

身體不是你苦難或創傷的『貞節牌坊』，
請你遠離它，
再觀賞它，
並遊歷它！

體現心象指令 6

相信你的身體，
所有不好或不舒服的感受，
都是它在調節、
恢復和諧與自然狀態的一種舞蹈。

體現心象指令 7

就當下你的心象起舞吧！
穿透它！認識它！

體現心象指令 8

5

體現心象小語

* 動作是表達心靈的力量，而這種力量遠超過人的頭腦。
* 任何人都必須先經驗動作的探索，才能將動作以不同的方式表達出來。
* 動作本身就是一種語言：動作是一個人對自己內在世界的回應，內在世界藉由做（doing）、演（acting）、舞（dancing）表達出來……每一個動作都有它的特質，而這些特質不但與人的個性、氣質相關，也都離不開基本的元素：空間、時間、力量、流動、關係：元素貫穿在我們的生命之中，也和我們的心理狀態相呼應。

6

體現心象小語

* 動作是表達心靈的力量，而這種力量遠超過人的頭腦。
* 任何人都必須先經驗動作的探索，才能將動作以不同的方式表達出來。
* 動作本身就是一種語言：動作是一個人對自己內在世界的回應，內在世界藉由做（doing）、演（acting）、舞（dancing）表達出來……每一個動作都有它的特質，而這些特質不但與人的個性、氣質相關，也都離不開基本的元素：空間、時間、力量、流動、關係：元素貫穿在我們的生命之中，也和我們的心理狀態相呼應。

7

體現心象小語

* 動作是表達心靈的力量，而這種力量遠超過人的頭腦。
* 任何人都必須先經驗動作的探索，才能將動作以不同的方式表達出來。
* 動作本身就是一種語言：動作是一個人對自己內在世界的回應，內在世界藉由做（doing）、演（acting）、舞（dancing）表達出來……每一個動作都有它的特質，而這些特質不但與人的個性、氣質相關，也都離不開基本的元素：空間、時間、力量、流動、關係：元素貫穿在我們的生命之中，也和我們的心理狀態相呼應。

8

體現心象小語

* 動作是表達心靈的力量，而這種力量遠超過人的頭腦。
* 任何人都必須先經驗動作的探索，才能將動作以不同的方式表達出來。
* 動作本身就是一種語言：動作是一個人對自己內在世界的回應，內在世界藉由做（doing）、演（acting）、舞（dancing）表達出來……每一個動作都有它的特質，而這些特質不但與人的個性、氣質相關，也都離不開基本的元素：空間、時間、力量、流動、關係：元素貫穿在我們的生命之中，也和我們的心理狀態相呼應。